Esprits tueurs

Worthington & Spencer, détectives privés

DU MÊME AUTEUR

Esprits tueurs

Worthington & Spencer, détectives privés

Delphine Montariol

Couverture : Arthur RACKHAM, *Pas de deux*, illustration extraite de *The Ingoldsby legends* de Thomas INGOLDSBY, London-New York, 1907, ©Old Book Illustration.

Illustrations :   7089643 - silhouette-5441902_1280 - Pixabay
                    7089643 - woman-5441837_1280 - Pixabay

À Françoise et Fabienne,
en toute amitié.

Charles BENNETT, *The body of this Death*, illustration extraite de
Quarles' emblems, tome V, de Francis QUARLES, Londres, 1861,
©Old Book Illustration.

Chapitre 1

D es coups sourds retentissaient non loin d'elle. Elle ouvrit les yeux avec difficulté, puis les referma aussitôt, éblouie par la violence de la lumière. Elle sentit à peine ses mains se refermer sur son crâne, tant elle avait mal à la tête.

— Sophia ! Octavia ! Ouvrez cette porte !

Quelqu'un hurlait.

Quelqu'un non loin d'elle était quasi fou de peur et hurlait.

Le son lui paraissait proche et lointain à la fois. Même avec les yeux fermés, la tête lui tournait. Elle sentait l'univers basculer autour d'elle dans un vertige irrépressible.

— Sophia ! Octavia !

Sophia... Sophia ? Mais c'est moi. Allongée à même le sol, la jeune femme reprenait peu à peu pied dans la réalité. Une nausée immonde l'y aidait. Elle avait froid aussi. Où était-elle ? Elle n'osait ouvrir les yeux, de peur que la luminosité n'aggravât encore son état de faiblesse et ne la transperçât d'une effroyable douleur.

Les coups continuaient à un rythme plus lent. *Que se passe-t-il ?* Sophia bascula la tête sur le côté alors qu'un haut-le-cœur la transperçait. Une forme apparut à ses côtés. *Mère ?* Non loin d'elle, sa mère, Octavia, était étendue sur le tapis du salon, dans une étrange pose de pantin désarticulé. Sophia se redressa autant que faire se pouvait, en équilibre instable sur un coude. *Le sol bouge... Je vais vomir...* Elle sentait la matière douce et chaude du tapis sous ses doigts mais, tel un serpent, celui-ci semblait vouloir se dérober à son contact. Elle se releva davantage et s'effondra sur le sol. Sous ce nouvel angle, Sophia observait sa mère... Elle ne bougeait pas. *Qu'est-ce qu'il nous arrive ?* La robe d'Octavia était maculée d'une substance poisseuse et sombre. Sophia fronça les yeux pour mieux voir à travers le voile opaque qui obscurcissait sa vision.

— Mère ?

Sophia fut surprise par le croassement qui surgit de sa gorge. Était-ce un cauchemar ? Tout paraissait si flou, si lointain…

À son grand soulagement, les coups s'étaient tus, ce qui lui permettait de se concentrer plus à son aise. Après plusieurs tentatives infructueuses, elle trouva assez de force pour s'asseoir, les jambes allongées devant elle. Depuis combien de temps n'avait-elle pas été assise ainsi sur le sol ? Depuis son enfance à n'en pas douter. Son estomac se souleva en un spasme énorme et grotesque. Pourtant, la jeune femme n'avait pas le temps de se préoccuper de cet embarras pour le moment. Sophia plaqua sa main contre sa bouche pour contrôler l'horrible nausée. Puis, elle se tourna vers le corps toujours inerte de sa mère. *Pourquoi dort-elle à même le sol ?* Sa mère l'avait habituée à un peu plus de tenue ! Sophia sentait l'indignation poindre dans son esprit embrumé. La situation était incompréhensible, ridicule, absurde. Il devait s'agir d'un mauvais rêve. C'était la seule explication logique.

Les coups reprirent.

Plus forts, plus rapprochés.

La jeune femme ne s'intéressait plus à ce détail. Son esprit tentait de trouver une voie à travers les brumes qui l'avaient envahi.

— Mère ? murmura Sophia d'une voix pâteuse.

La porte claqua contre le mur avec violence. Trois hommes surgirent dans la pièce. Hébétée, Sophia les regarda sans comprendre. Cette nouvelle information ne faisait pas sens. Elle reconnut l'un des trois intrus. Son père, un gentleman d'une cinquantaine d'années, hurlait et se précipitait vers sa mère.

— Octavia !

Sophia, dont le corps tanguait au gré d'un équilibre peu assuré, observait avec attention la scène qui se déroulait sous ses yeux. L'un des deux étrangers s'approcha de son père, accroupi près de son épouse, et le tira en arrière. Sophia regardait les deux inconnus. Ils ressemblaient aux policiers qu'elle croisait parfois dans les rues... Ceux avec ce casque étrange... *Les bobbies !* Elle se sentit soulagée par cette information. Non seulement ses pensées reprenaient un cours normal, mais la police était présente, ce qui était rassurant.

— Ne la touchez pas, Monsieur ! intima le bobby le plus proche de son père. Il faut laisser la pièce en l'état pour le CID[1] !

Sophia les examinait, un peu interloquée. De quoi parlaient-ils ? Qu'était donc le CID ? Son père se tourna vers elle, le regard fou.

— Qu'as-tu fait ? Qu'as-tu fait à ta mère ?

Son cri s'éteignit dans un borborygme plaintif. Puis, le visage du malheureux perdit toute couleur et il désigna sa fille d'un doigt tremblant.

— Elle est armée ! hurla-t-il.

L'attention des deux bobbies se reporta sur elle et leur attitude changea du tout au tout. Sophia frémit devant la menace soudaine qui émanait d'eux.

— Posez ce couteau par terre, Madame ! ordonna celui qui se trouvait encore à l'entrée de la pièce.

— Couteau ?

---

[1] *Criminal Investigation Department* de la *Metropolitan Police*.

Sophia vit le regard des trois hommes glisser le long de son bras et se fixer sur un point. Elle regarda dans la même direction et en resta bouche bée. Elle tenait un long couteau ensanglanté dans sa main gauche. Elle le lâcha dans un sursaut, comme si l'arme l'eût brûlée. Dans un mouvement d'horreur, elle essuya sa main pleine de sang sur sa robe. *Je ne peux pas... Ce n'est pas possible !*

— Ce n'est pas moi... tenta-t-elle au désespoir.

Elle comprit que toute explication était vaine. Elle était déjà condamnée... du moins par ces trois hommes. Même son père avait détourné le regard pour ne plus la voir. Même lui ne la croyait pas.

— Il faut que je parle à Elsie, bafouilla-t-elle.

Le bobby derrière elle s'empara avec rudesse de son bras et la remit debout. Elle tangua un instant, puis se redressa dans une attitude digne. Sa mère n'aurait pas toléré un manque de tenue à un moment aussi crucial. Sophia inspira avec force pour s'éclaircir les idées, elle épousseta d'une main tremblante sa robe bleue tachée de sang et d'une fine couche de poussière blanche.

◆ ◆ ◆

Vendredi 5 juin 1891

E lsie appuyait sur les pédales de sa bicyclette de toutes ses forces. Loin d'adopter le rythme lent des élégantes sportives - déjà révolutionnaires dans leur audace - la jeune détective profitait de toute la vitesse que lui offrait son étrange monture. Les passants restaient stupéfaits au passage de cette grande brune énergique filant aussi vite que les roues de sa machine pouvaient l'emporter. Loin de se préoccuper des regards médusés qu'elle laissait derrière elle, Elsie poursuivait le fuyard avec la dernière énergie. Il avait beau courir à toutes jambes, elle finirait bien par lui mettre la main au collet.

Elle surprit un mouvement furtif dans une ruelle perpendiculaire à l'axe qu'elle suivait et tourna le guidon de façon si abrupte qu'elle faillit passer sous les roues d'une voiture tirée par deux chevaux fatigués. Elle entendit à peine les imprécations du cocher furieux et s'engouffra à la suite de l'ombre dans une étroite venelle à l'abri des regards. Son cousin et associé, Stuart Spencer, aurait eu beaucoup à dire sur sa témérité. Néanmoins, Elsie avait pris pour habitude de demeurer sourde à tous les conseils de prudence que sa famille lui prodiguait à foison. Elle ralentit l'allure de sa poursuite, sa cible avait encore disparu. *Où est-il passé ?* Elsie avait beau fouiller du regard les recoins sombres de la ruelle, elle ne voyait plus signe de vie. L'homme surgit soudain à deux pas et fonça droit sur elle, la faisant tomber de son véhicule. Empêtrée dans ses jupes et sa bicyclette, Elsie tentait de se relever, des vociférations plein la bouche, alors qu'elle voyait disparaître le fuyard au coin de la rue. Dans un grondement de rage, elle repoussa sa machine, se releva d'un bond et s'élança, déterminée à attraper le fugitif.

Quand elle déboucha dans la rue principale, le soleil la frappa de plein fouet, l'empêchant de voir dans quelle direction elle devait continuer sa course. Une silhouette se dressa devant elle.

— Rien ne sert de courir, ma chère cousine, il faut partir à point, comme disait Monsieur Jean de La Fontaine.

Elsie mit sa main en visière afin de se préserver de l'éblouissement. Elle savait qui elle allait apercevoir et elle savait aussi quelle mine réjouie l'homme en question allait arborer, mais elle voulait le vérifier de ses propres yeux. Pesant de tout son poids sur le fugitif qu'il écrasait contre un mur, Stuart la contemplait avec un grand sourire, pendant qu'il passait les menottes au voleur. Les cheveux blond-roux de son cousin étincelaient sous le soleil londonien.

— Comment avez-vous pu surgir ainsi de nulle part ? s'indigna-t-elle.

C'était un peu fort tout de même ! Elle courait après ce vaurien depuis plusieurs minutes et son cousin surgissait du néant pour l'interpeller sans effort ! Les yeux bleu-vert de Stuart pétillèrent. Il aimait le caractère vif de sa cousine, bien que son emportement l'entraînât parfois dans des situations que la plus élémentaire des prudences réprouvait.

— Ma chère Elsie, vous apprendrez avec l'âge que, pour attraper un fugitif, il est bon de disposer d'un limier avec des jambes solides, mais qu'une étude attentive de la fuite permet au sage de le retrouver tout aussi sûrement.

Boitant fort sans le secours de sa canne, Stuart entraîna son prisonnier vers la voiture stationnée non loin d'eux. L'homme se débattit, certain de pouvoir prendre le dessus sur le détective à la jambe meurtrie, mais un étranglement vigoureux le dissuada de poursuivre son entreprise d'évasion. Les mains sur les hanches, Elsie lançait des éclairs de ses yeux noisette. Elle attrapa la canne plombée, posée contre le mur, et la tendit à son cousin lorsqu'il eut fini d'installer le fugitif dans la voiture.

— Si j'ai bien compris, je suis le limier qui court et vous êtes le sage qui réfléchit.

— Vous avez tout compris. J'accompagne notre invité au poste de police le plus proche et je vous conseille de récupérer votre improbable bicyclette avant qu'un malandrin ne s'en empare. À tout à l'heure, associée.

Stuart grimpa dans la voiture qui démarra aussitôt, laissant Elsie bouder sur le trottoir. Elle regarda le fiacre s'éloigner pendant quelques instants, puis la jeune femme lissa ses jupes d'un geste vif et retourna dans la venelle pour récupérer sa monture.

◆ ◆ ◆

Installée dans le fauteuil club de son bureau, Elsie lisait, comme tous les jours, la presse anglaise. Le

Times et le *Daily News* avaient été classés dans la pile « lu », le *Standard* et le *Morning Post* attendaient dans la pile « À lire », pendant qu'Elsie s'astreignait à prendre connaissance du *Financial Times*. La jeune femme savait qu'elle ne devait pas prendre de retard dans la lecture des quotidiens du matin, puisque le soir même elle devrait s'intéresser au *Pall Mall Gazette*, au *Globe* et au *Sun*. Bien que Stuart insistât sur la nécessité de conserver un esprit ouvert et curieux, Elsie trouvait fastidieux de devoir lire des journaux dont la ligne éditoriale ne lui convenait pas. Toutefois, depuis l'ouverture de leur agence de détectives privés, un peu plus de deux mois auparavant, les deux cousins avaient pris l'habitude de décortiquer les principaux journaux du pays afin de se tenir informés de toutes les nouvelles qui pourraient avoir une influence sur l'une ou l'autre de leurs enquêtes.

Pour rendre l'exercice plus agréable, Elsie avait fait installer des fauteuils club en cuir dans chacun de leurs bureaux respectifs, ce qui rompait un peu avec l'austérité des deux pièces. Selon Stuart, le bureau d'un détective devait refléter sérieux et rigueur, ce qui laissait peu de place au confort. Aussi, en dehors des larges tables de travail, de chaises confortables à destination des clients et de hautes bibliothèques nécessaires au classement des dossiers, les pièces de l'agence Worthington & Spencer ne laissaient-elles guère de place à la fantaisie. Elsie avait dû argumenter un certain temps avant que son inflexible cousin n'acceptât l'installation d'un fauteuil club dans son espace. Pourtant, lorsque Stuart l'avait essayé pour la première fois, il avait dû convenir que ce meuble était plus confortable que sa chaise de travail. En outre, il reconnaissait qu'il était plus agréable d'attendre les clients et les nouvelles affaires, installé dans un profond fauteuil, plutôt qu'assis sur une chaise dure. Depuis lors, il n'avait plus émis la moindre protestation contre cette initiative de sa cousine.

La porte de l'agence s'ouvrit et Elsie leva le nez du *Financial Times* qu'elle épluchait.

— Avez-vous été bien accueilli cette fois-ci ? s'enquit-elle sans bouger de son fauteuil.

Le son du pas irrégulier de Stuart s'approcha de son bureau.

— Comme d'habitude, grinça-t-il. Le charmant policier qui s'est emparé de notre gibier de potence a bien failli m'enfermer dans la même cellule.

Elsie haussa les épaules. L'inimitié naturelle de la *Metropolitan police* ne la troublait plus. L'ouverture de leur agence n'était pas passée inaperçue, tant la perspective qu'un ancien officier de l'armée britannique en Inde et une jeune femme aussi indépendante qu'inexpérimentée puissent allier leurs forces était extraordinaire. L'incongruité de cette situation leur avait valu plusieurs articles de presse aux conséquences plus ou moins fastes. D'un côté, cette publicité bienvenue leur avait apporté leurs premiers clients, dont de nombreuses femmes avides de pouvoir exposer leurs difficultés à l'une de leurs semblables ; d'un autre côté, les forces de l'ordre n'avaient pas vu d'un œil bienveillant l'ouverture de cette agence. La plupart des détectives privés londoniens étaient en fait des policiers à la retraite ou des inspecteurs complétant leurs revenus.

La situation s'était encore corsée avec la *Metropolitan* lorsque l'agence Worthington & Spencer avait obtenu des résultats dans ses premières affaires. La perspective d'être devancés dans leurs investigations par un ancien officier boiteux et une femme - sans aucun égard pour sa place dans la société victorienne - avait fort déplu aux policiers londoniens qui, depuis lors, tentaient de les dissuader de poursuivre leur activité. Dès qu'une occasion se présentait, ils ne manquaient jamais de créer toutes les entraves possibles aux deux détectives, jusqu'à menacer de relâcher un voleur que Stuart et Elsie avaient eu grand peine à appréhender.

Heureusement pour eux, Édouard Worthington, le frère aîné d'Elsie, homme d'affaires réputé et très bien implanté dans les cercles de pouvoir londonien, était intervenu en leur faveur. Il avait réussi à convaincre le nouveau *commissioner* du *Criminal Investigations Department* du sérieux de leur agence. Le colonel Sir Edward Bradford, ancien officier dans l'armée des Indes et officier politique auprès des princes du Rajput, s'était montré sensible au passé militaire de Stuart et avait décidé de laisser une chance à ces nouveaux détectives. Les relations avec la *Metropolitan* s'étaient depuis lors un peu pacifiées, mais nombre d'agents persistaient à marquer leur hostilité aux nouveaux venus.

Stuart s'assit avec précaution dans l'un des fauteuils destinés aux clients, non loin d'Elsie.

— Il faudra qu'ils s'habituent, conclut-il avec philosophie.

Elsie le regarda par-dessus son journal.

— Certes mais, à leur vitesse d'adaptation, cela risque de prendre un certain temps !

Stuart ne put réprimer un sourire. Elsie était une fine escrimeuse, une tireuse habile, mais son arme la plus tranchante demeurait sa verve.

La porte d'entrée s'ouvrit. Les deux détectives échangèrent un regard entendu : ils n'attendaient personne. Ils se levèrent ensemble et allèrent accueillir leur nouveau client.

Le bureau d'Elsie donnait sur le hall d'entrée. Le père de Sophia, John Edwards, se tenait debout, devant la porte, le dos voûté, accablé par un fardeau trop lourd pour lui. À ses côtés, une femme blonde d'une grande élégance hésitait à entrer.

— Madame, Monsieur, soyez les bienvenus à l'agence Worthington & Spencer, commença Stuart en s'armant de son sourire le plus rassurant. Que pouvons-nous faire pour vous ?

John Edwards parut surpris de voir Stuart et reporta son attention sur Elsie, qui était restée un pas derrière son cousin. Les deux détectives s'étaient réparti l'accueil des nouveaux clients : Stuart recevait les hommes, Elsie se chargeait des femmes. Ils avaient remarqué que cette répartition des rôles était plutôt à leur avantage.

— Vous me voyez quelque peu confus, Monsieur, commença le père de Sophia, mais je pensais que cette agence de détectives ne comptait que des femmes.

Ce fut au tour de Stuart et d'Elsie d'être surpris.

— Je dirige cette agence avec ma cousine, Miss Élisabeth Worthington, précisa Stuart en désignant Elsie. Si vous préférez vous entretenir en privé avec Miss Worthington, cela ne pose aucune difficulté, Monsieur.

Le gentleman eut un geste las de la main et s'avança dans l'entrée. Peu lui importait de parler à l'un ou à l'autre.

— Ma fille, Miss Sophia Edwards, m'a demandé de contacter Miss Élisabeth Worthington pour qu'elle enquête sur le crime dont elle est accusée.

Elsie fut saisie d'horreur et étouffa une exclamation de surprise de sa main. *Sophia ? Sophia est accusée d'avoir commis un crime ? C'est impossible ! Il n'y avait pas plus patiente et conciliante qu'elle au pensionnat !* Sophia avait été l'une des meilleures amies d'Elsie durant ses années passées dans la stricte pension où sa famille l'avait envoyée pour faire d'elle une parfaite lady. Si cette institution avait échoué dans sa tâche première, Elsie devait reconnaître que la compagnie de jeunes filles de son âge avait été plus agréable que ce qu'elle avait imaginé de prime abord. Sophia Edwards, notamment, avait adouci son séjour au pensionnat. Vive, intelligente et studieuse, Sophia aidait souvent Elsie à venir à bout de ses devoirs quand cette dernière ne trouvait guère d'intérêt aux travaux demandés.

— De quel genre de crimes parlons-nous, Monsieur ? interrogea Stuart pour pallier le silence de sa cousine.

L'homme perdit le peu de contenance qu'il lui restait et se tassa sur lui-même.

— Sophia a sauvagement assassiné sa mère ! cria la femme en soutenant par le bras l'infortuné gentleman.

Elle dardait son regard plein de colère sur les deux détectives, les mettant au défi de soutenir le contraire.

— Impossible ! s'écria Elsie.

Elle s'avança d'un pas vers la femme, l'affrontant du regard. La visiteuse perdit quelque peu de sa superbe, mais elle était décidée à ne pas céder un pouce de terrain.

— Pour ma part, je vous affirme le contraire, reprit-elle. Sophia a été trouvée dans une pièce fermée de l'intérieur, couverte du sang de sa mère, le couteau à la main. Elle est coupable et doit être pendue !

Elsie s'empourpra d'indignation.

— Pour ma part, Madame, je ne croirai jamais que Sophia Edwards ait pu être capable, à un quelconque moment de sa vie, d'assassiner qui que ce soit et je vous le prouverai !

Elsie invita d'un geste ferme de la main le malheureux père et sa compagne à entrer dans son bureau. Pourtant, quand la femme passa devant elle, elle lui fit barrage.

— Avant que vous ne puissiez entrer, Madame, je souhaiterais savoir qui vous êtes et à quel titre vous accompagnez Monsieur Edwards ?

Le gentleman se redressa pour répondre.

— Madame Carmilla Walsh est une amie chère de la famille, Miss Worthington. Veuillez lui pardonner son accès de fureur. Nous sommes tous sous le choc.

— Je comprends, Monsieur Edwards. Néanmoins, si vous n'y voyez pas d'inconvénient, je préférerais que mon cousin, Stuart Spencer, assiste à notre entretien. Nous avons l'habitude de travailler ensemble sur les affaires qui nous sont confiées, afin de mettre toutes les chances de notre côté.

— Assurément, votre cousin peut assister à notre conversation.

Pendant qu'Elsie installait Monsieur Edwards et son amie dans les fauteuils des visiteurs, Stuart prit place dans le fauteuil club sur le côté, ce qui lui offrait un angle de vue différent de celui de sa cousine sur leurs nouveaux clients. Leur attention serait captée par Elsie, pendant que son associé pourrait les observer sans être remarqué.

Elsie s'assit à son bureau, attrapa un large carnet et de quoi écrire.

— Je vous écoute, Monsieur Edwards, reprit-elle. Pourquoi êtes-vous venu nous trouver ?

L'homme inspira un long moment pour se donner du courage. Toutefois, plus il inspirait, moins il semblait à son aise. Les deux détectives lui laissèrent le temps de se reprendre.

— Cette nuit, Sophia a été arrêtée pour le meurtre de sa mère dans les circonstances que Madame Walsh vous a décrites.

Elsie ne bougea pas un cil. Elle était désormais la détective et ne pouvait se permettre le luxe des émotions.

— Je souhaiterais que vous me décriviez vous-même ces circonstances, Monsieur, demanda Elsie.

Le gentleman semblait réticent à cet effort, mais il convint que les deux détectives avaient besoin d'entendre l'ensemble des détails. Il s'astreignit à décrire avec précision tout ce dont il se souvenait de l'épouvantable scène de la nuit précédente. Il raconta comment il était rentré de son club sans trouver son épouse Octavia dans son boudoir, où elle avait l'habitude de l'attendre chaque soir ; comment il avait fait le tour de la maison pour trouver porte close au salon ; comment il avait tenté de l'enfoncer sans succès, ce qui avait attiré le majordome qui était sorti en trombe chercher les secours ; comment les deux bobbies étaient venus lui prêter main-forte, avant de découvrir l'épouvantable scène : sa femme assassinée et sa fille, hébétée, assise à même le sol, tenant toujours dans sa main gauche le couteau ; comment les policiers avaient emmené Sophia qui se terrait désormais dans le silence sauf, pour une seule chose : elle voulait que son père confiât l'enquête à Elsie Worthington.

— J'ai passé la matinée à arpenter Londres en tous sens pour reconnaître le corps de mon épouse, pour tenter de convaincre ma fille de parler, pour confier sa défense à un avocat et, enfin, pour venir vous confier le soin d'enquêter sur ce crime et de mettre à jour la vérité.

Elsie posa un regard lourd de sens sur le visage du gentleman.

— De quelle vérité parlons-nous, Monsieur Edwards ? s'enquit la détective. Dans l'hypothèse où nous trouverions la preuve que votre fille a assassiné votre femme, qu'attendrez-vous de nous ? Le silence ou que nous remettions nos découvertes à la justice ?

Le gentleman eut un haut-le-cœur. Cette Miss Worthington, en laquelle Sophia avait tant confiance, lui demandait à lui, le père, si elle devrait remettre les éventuelles preuves du crime de sa fille à la justice afin qu'elle soit exécutée ? *Elle est juste.* Les paroles de Sophia lui revinrent en mémoire et il dut concéder à sa fille qu'elle ne s'était pas trompée. Miss Elsie Worthington n'accepterait l'affaire qu'à la condition que justice soit rendue, quelle qu'elle soit.

— Si vous trouvez une explication au meurtre de mon épouse, je veux que le coupable, quel qu'il soit, soit mené à la potence.

Carmilla Walsh frissonna à côté de lui.

— Très bien, Monsieur Edwards, nous prenons l'affaire, conclut Elsie.

Elle se tourna vers Stuart qui observait leur client et son amie avec une étrange attention. Qu'avait donc pu remarquer son cousin pour dévisager ainsi leurs visiteurs ? Elle posa encore quelques questions à Monsieur Edwards puis mit fin au rendez-vous, estimant qu'elle ne pourrait plus rien tirer du gentleman le jour même.

◆ ◆ ◆

E lsie marchait d'un bon pas en direction du poste de police de Canon Row. Sophia avait été arrêtée la nuit précédente et, selon toute vraisemblance, elle devait encore se trouver au poste de police rattaché au bâtiment du New Scotland Yard, situé à proximité de la Tamise, le long du *Victoria Embankment*. Elle espérait de tout cœur que son amie n'avait pas été transférée à la vieille prison de *Newgate*. Sans y penser, Elsie pressa le pas.

Lorsqu'elle arriva devant l'imposant bâtiment, créé par Richard Norman Shaw, alternant les briques rouges et les pierres blanches, Elsie se redressa de toute sa hauteur et serra la mâchoire en une expression peu commode. Elle avait déjà été fort mal reçue en ce lieu et n'entendait pas ce jour-là subir la mauvaise humeur des factionnaires. Elle entra sans encombre et se détendit un peu avant d'affronter le prochain barrage.

À l'accueil, seul le policier de garde et un homme au costume élégant discutaient. À son approche, la conversation s'éteignit et l'attention des deux hommes se reporta sur elle. Elsie remarqua que l'homme en costume était très séduisant avec ses grands yeux sombres et ses boucles châtaines. Pourtant, elle ne s'accorda pas le temps d'y songer, préférant rester concentrée sur son affaire.

— Bonjour Monsieur, attaqua-t-elle bille en tête en ne s'adressant qu'au policier derrière l'accueil. Je suis Élisabeth Worthington, de l'agence Worthington & Spencer, et je viens rendre visite à Miss Sophia Edwards, dont le père vient de nous confier les intérêts.

La sidération qui saisit son interlocuteur eut pu être drôle en d'autres circonstances. L'homme manquait de s'étouffer car les mots ne parvenaient pas à sortir de sa bouche dans un ordre compréhensible. Elsie se rembrunit, prête à affronter la tempête.

— Worthington & Spencer… intervint le bel inconnu.

La détective reporta son attention sur lui et plongea ses yeux dans les siens. S'il voulait la bagarre, il allait la trouver. Toutefois, l'homme se contenta de la regarder avec intérêt et d'opiner du chef à plusieurs reprises, plongé dans une conversation silencieuse avec lui-même.

— Si vous voulez bien me suivre, Miss Worthington, je vais vous conduire auprès de Miss Edwards, conclut-il.

Il s'approcha d'un pas en direction d'Elsie et la salua d'un signe de tête un peu raide, comme l'aurait fait un ancien militaire. La jeune femme connaissait cette rigueur, ayant elle-même pour cousin et associé l'un de ces spécimens.

— Inspecteur Percival Montgomery du CID pour vous servir, Miss Worthington.

Elsie parut effarée et, sur quelqu'un comme elle qui ne savait pas cacher ses émotions, l'effet était presque comique. Percival s'en étonna.

— Un problème, Miss Worthington ?

— Non, Monsieur l'inspecteur. Je suis juste étonnée de pouvoir rencontrer ma cliente aussi facilement.

Percival Montgomery l'entraîna plus avant dans le bâtiment et attendit de s'être éloigné de toutes les oreilles indiscrètes avant de lui demander :

— Avez-vous eu à vous plaindre de l'accueil de la *Metropolitan* par le passé ?

Elsie le regarda de nouveau stupéfaite. Se moquait-il d'elle ?

— Certes, mon associé et moi-même avons eu quelques mots avec plusieurs de vos collègues.

Percival sourit, ce qui déplut fort à Elsie. L'inspecteur était déjà assez séduisant sans avoir à sourire en plus ! Ils marchèrent en silence pendant quelques instants avant que le policier ne s'arrêtât devant une porte, qu'il ouvrit. Elsie découvrit une salle d'interrogatoire, glaçante dans son dénuement. Une table et deux chaises.

— Veuillez attendre ici, Miss Worthington, je vais chercher Miss Edwards… en espérant qu'elle accepte de vous parler.

Percival fit mine de s'éloigner avant de revenir sur ses pas.

— Une dernière chose, Miss Worthington. Au moindre problème, vous criez, je serai derrière la porte.

— Mais, enfin, Monsieur l'inspecteur, ce ne sera pas nécessaire ! s'indigna Elsie.

Percival la scruta de son regard sombre, mais n'ajouta rien de plus. Elsie s'installa sur une chaise et attendit, les mains posées sur la table.

Quelques minutes plus tard, elle entendit des bruits de pas dans le couloir et vit entrer Sophia. Vêtue d'une simple robe taillée dans une toile grise et rêche, ses mains étaient entravées par des menottes d'acier. Sophia fut assise sur la chaise restante par Percival qui fit demi-tour en silence.

— Monsieur l'inspecteur, est-ce utile ? dit Elsie en désignant les menottes.

Percival se retourna, regarda les menottes, puis Elsie et conclut :

— Oui.

La porte se referma sur lui.

Elsie observa quelques instants son ancienne amie et eut du mal à retrouver les traits enfantins, dont elle se souvenait, dans cette jeune femme de vingt-cinq ans. Ses yeux étaient rougis, sa peau bouffie à force d'avoir pleuré et de s'être essuyé le visage avec la manche de sa robe.

— Ma chère Elsie, je suis si heureuse de te revoir.

La voix n'avait pas tant changé et les douces intonations de la politesse sans faille de Sophia convainquirent Elsie de son identité. La prisonnière tentait de faire bonne figure et retrouvait, malgré les circonstances, la bonne éducation qui l'avait toujours caractérisée. Elsie s'empara de la main menottée de son amie par-dessus la table.

— Que s'est-il passé ? demanda-t-elle.

Sophia eut l'air perdu.

— Je l'ignore. Je ne me souviens de rien. Je ne me souviens même pas de la soirée que nous avons passée avec

Mère. Je me souviens à peine de mon réveil dans le salon. Cela ressemblait tant à un cauchemar que j'ai du mal à me convaincre qu'il s'agissait de la réalité. Je crois que ce sont les coups que Père donnait à la porte pour l'enfoncer qui m'ont sortie de ma torpeur. Ensuite, je suis incapable de te décrire ce que j'ai vu ou ressenti, mis à part une nausée effroyable qui ne m'a pas encore tout à fait quittée.

Sophia pâlit, au bord de l'évanouissement.

— Courage, Sophia, nous allons comprendre, mais il faut que tu nous aides. Tu as souvent des nausées comme celle-ci ? Des pertes de mémoire ? Des absences ?

— Non ! Jamais !

— Est-ce que tu t'entendais bien avec ta mère ?

— Oui… balbutia Sophia. Oui, sans doute.

Elsie nota l'hésitation soudaine dans la voix de la jeune femme. Elle ne s'entendait donc pas avec sa mère, mais s'agissait-il d'une simple inimitié ou d'une haine plus profonde ?

— Je ne l'aurais jamais assassinée. Tu me connais, Elsie. Tu sais qui je suis. Si même toi, mon amie, tu ne me crois pas, je n'ai plus qu'à attendre la potence… Je ne te demande pas de m'innocenter. Je veux savoir ce qu'il s'est passé. Tu ne peux pas imaginer ce que c'est que d'être accusée d'avoir assassiné sa mère, alors que tu ne te souviens de rien. Si tu me prouves que je l'ai vraiment tuée, j'accepterai la mort comme une délivrance.

Elsie ne savait pas quoi dire. Elle aurait voulu trouver les mots pour rassurer Sophia, pour la consoler, mais rien ne lui venait. La seule chose que son esprit percevait était que Sophia avait besoin d'une réponse sur les circonstances de la mort de sa mère.

— Je vais enquêter. Si tu te souviens de quoi que ce soit, surtout fais-le moi savoir.

Sophia acquiesça d'un faible signe de tête puis se mura de nouveau dans le silence. Elle regardait la table sans la voir, les yeux dans le vague, et s'écorchait les mains dans un geste mécanique. Elsie l'observa avec attention, puis se leva et sortit sans que la jeune prisonnière ne le remarquât.

Elsie referma la porte derrière elle et inspira à pleins poumons. Cette rencontre l'avait plus atteinte que ce qu'elle avait imaginé.

— Étrange, n'est-ce pas ? entendit-elle à côté d'elle.

Elle se tourna vers la voix et se souvint que l'inspecteur Montgomery lui avait promis de rester derrière la porte durant son entretien avec Sophia.

— Elle m'a parlé, mais pour me dire qu'elle ne se souvient de rien.

— C'est aussi ce qu'elle m'a dit. Mon problème, Miss Worthington, est que le cas de votre amie Sophia Edwards n'est pas un cas isolé.

Chapitre 2

E lsie observa Percival un instant. Il avait l'air pensif, voire préoccupé.

— Que voulez-vous dire par « n'est pas un cas isolé » ?

L'inspecteur observa le couloir autour de lui avant de répondre à voix basse :

— Nous ne pouvons pas parler ici, Miss Worthington. En revanche, laissez-moi quelques minutes, je raccompagne Miss Edwards en lieu sûr, puis nous pourrons marcher un peu. L'air est si agréable en ce moment que ce serait dommage de ne pas en profiter.

— Je sors en premier, puis vous me rejoindrez devant la station de *Westminster Bridge*.

Elsie tourna les talons et s'éloigna de son pas vif habituel. Percival l'étudia un instant avant d'ouvrir la porte de la salle d'interrogatoire.

Elsie profitait du soleil de juin en attendant que cet étrange inspecteur la rejoignît. Le visage tourné vers le ciel, elle percevait à travers ses paupières fermées les mouvements des arbres au-dessus d'elle, grâce aux changements de luminosité. La proximité de la Tamise apportait de la fraîcheur mais aussi une étrange odeur de pourriture et de vase. Elle n'osait pas penser à l'affaire de Sophia avant d'avoir retrouvé Stuart et de pouvoir en discuter avec lui. Elle ouvrit les yeux et vit l'inspecteur se diriger vers elle d'un pas ferme. Sa démarche lui plaisait.

— Voulez-vous que nous prenions le métropolitain ? demanda Percival.

— Non, je préfère marcher.

Elsie indiqua la direction du *St James' Park* et entraîna le policier derrière elle. En longeant le parc vers le nord, ils tomberaient sur *Regent Street*, ce qui la rapprochait de son bureau.

— Où se situe votre agence, Miss Worthington ?

— Au 46 *Maple Street*, dans *Fitzrovia*.

Percival réfléchit un instant.

— Non loin de *Regent's Park*, n'est-ce pas ?

Elsie acquiesça d'un signe de tête.

— Que vouliez-vous dire tout à l'heure ? reprit-elle.

Percival jeta un coup d'œil par-dessus son épaule et consentit à répondre à voix basse :

— Le cas de Miss Edwards n'est pas le premier que je vois dans ce genre. Depuis quelques mois, les crimes étranges se multiplient. Il nous a fallu du temps pour trouver des similitudes mais, selon moi, l'assassinat de Madame Edwards est le troisième d'une série. Dans chaque affaire, le tueur est retrouvé sur place, dans un état second, l'arme du crime à la main et sans aucun souvenir de quoi que ce soit.

Elsie prit le temps d'apprécier ces informations. *Une série de crimes ?*

— Qui sont les autres victimes ? Ont-elles un lien les unes avec les autres ?

— C'est là que l'affaire se complique. Il n'y a aucun lien entre les tueurs ou entre les victimes. Ils ne sont pas du même milieu, pas des mêmes quartiers, ne se connaissent pas, n'ont aucun rapport les uns avec les autres. Le seul point commun que j'ai pu trouver est que ces meurtres ont tous été perpétrés à Londres depuis moins de dix-huit mois.

— Il y a forcément quelque chose, dit Elsie plus pour elle que pour Percival.

— Je le pense aussi, mais je ne trouve pas.

— Et qu'en disent vos collègues ?

L'inspecteur eut un mouvement de dépit.

— Que je suis idiot de chercher par-delà les apparences.

Elsie opina du chef. Manifestement, elle était tombée sur le mouton noir du CID, ce qui n'était pas pour lui déplaire. Ils continuèrent à marcher tout en discutant des cas mystérieux et se séparèrent près de Piccadilly Circus.

◆ ◆ ◆

S tuart poussa la porte de l'agence avec soulagement. Il avait beaucoup trop marché et sa jambe se rappelait à son bon souvenir. Soutenu par sa canne, il rapprocha une chaise du fauteuil club de son bureau et s'y assit avec précaution, étendant sa jambe blessée en hauteur. Il songea une nouvelle fois qu'habiter au premier étage de l'agence était une bénédiction pour lui. Il ne savait pas s'il aurait eu le courage de repartir, une fois de plus, pour traverser la ville de long en large pour atteindre le logement, plus ou moins sordide, que lui auraient permis ses faibles moyens. L'appartement à l'étage était simple, mais confortable et propre. Grâce à Elsie et à son esprit d'entreprise, sa vie avait changé du tout au tout deux mois auparavant, lorsqu'elle l'avait invité à l'inauguration de son agence de détectives, avec le fol espoir que son cousin accepterait de s'associer à elle dans cette aventure.

Un an auparavant, il était seul à Londres, logé dans un triste foyer pour anciens militaires, malmené par des médecins plus ou moins compétents qui ignoraient comment soulager les douleurs de sa jambe. Il avait fallu qu'un drame frappât la famille de sa mère pour que son oncle Henry Worthington prenne contact avec lui, afin de lui demander son aide. Stuart, l'enfant naturel de Violette, rejeté depuis sa naissance par les siens, avait répondu à l'appel au secours de son oncle et s'était rendu dans le manoir familial. La découverte de sa famille maternelle n'avait pas été de tout repos, mais il avait rencontré Elsie[2]. Sa plus jeune cousine ne rêvait que d'indépendance et d'aventure alors que sa famille tentait de faire d'elle la parfaite femme victorienne. Tous deux avaient élucidé une succession de crimes et s'étaient découvert une connivence intellectuelle peu commune. Aussi, quand Elsie lui avait proposé de s'associer avec elle, n'avait-il pas hésité. Ils avaient franchi le Rubicon ensemble. Depuis lors, Stuart s'était installé à l'étage et Elsie rentrait tous les soirs chez son frère aîné Édouard, non loin de l'agence, dans un très bel hôtel particulier situé au 14 *Park Crescent*.

Préoccupée par le confort de son cousin, Elsie avait « emprunté » - selon ses dires - quelques meubles à sa belle-sœur Victoria qui n'y avait guère prêté attention. Stuart soupçonnait l'épouse d'Édouard d'être consciente de la situation, mais de laisser faire. La disparition de quelques meubles ne la dérangeait pas. De plus, lors de ses dernières visites chez Édouard et Victoria, Stuart avait constaté avec plaisir que cette dernière le considérait désormais avec bienveillance et intérêt, ce qui n'avait pas toujours été le cas.

La porte d'entrée s'ouvrit et, quelques secondes plus tard, Elsie s'engouffra dans le bureau.

Stuart observa avec attention sa cousine, encore un peu essoufflée par sa marche, et comprit à sa mine qu'elle avait des révélations à lui faire.

— Qu'avez-vous trouvé, ma chère cousine ?

Elsie s'effondra dans un fauteuil destiné aux visiteurs avant de répondre :

— L'affaire ne va pas être simple. Elle va même être beaucoup plus complexe que ce que j'avais imaginé. Non seulement Sophia ne se souvient de rien, ni du meurtre, ni de la soirée qui a précédé, mais encore elle a bien été trouvée, dans une pièce fermée de l'intérieur, assise à côté

---

[2] Cf. *Sombres secrets. Worthington & Spencer,* 2018.

du corps de sa mère, en possession d'un couteau qui peut être l'arme du crime. L'inspecteur en charge de l'enquête m'a confirmé tous ces éléments.

— Qui est-ce ? s'enquit Stuart en se redressant dans son fauteuil, tout en gardant la jambe sur la chaise.

— Percival Montgomery. Il est assez jeune - il doit avoir à peu près mon âge - et me paraît un peu plus intelligent que la moyenne des inspecteurs que j'ai côtoyés.

Stuart sourit.

— Vous n'êtes pas très généreuse avec nos dignes représentants des forces de l'ordre, cousine, dit-il d'un air de reproche amusé. En revanche, je ne connais pas ce monsieur.

— Il m'a fait plutôt bonne impression. Quand je suis arrivée, il n'a pas refusé de me laisser m'entretenir avec Sophia, comme l'aurait fait la majorité de ses collègues. Il m'a même raccompagnée sur une partie du chemin afin que nous puissions nous entretenir à notre aise, loin des oreilles indiscrètes.

La mine de Stuart s'assombrit. Elsie avait certes un caractère bien trempé, mais elle avait aussi tendance à croire que les autres étaient aussi francs et directs qu'elle. Ce mélange de détermination et de naïveté faisait de sa cousine l'associée la plus étrange avec laquelle il avait eu à travailler.

— Ne trouvez-vous pas étonnant que cet inspecteur vous fasse d'emblée confiance ?

Elsie regarda Stuart avec de grands yeux innocents.

— Non, je suis quelqu'un de confiance.

— Certes, Elsie, mais il me semble que l'inspecteur en charge de cette affaire devrait se montrer lui aussi plus méfiant vis-à-vis des personnes qui viennent interroger son principal suspect.

— Il n'obtenait rien de Sophia et, comme elle avait demandé à plusieurs reprises à me parler, il a dû y voir une occasion d'en apprendre un peu plus par mon entremise.

Stuart inspira en levant les sourcils au ciel. L'argument pouvait se tenir, mais il allait devoir rendre une visite de courtoisie à cet inspecteur.

— Vous ne savez pas encore le pire, continua Elsie sans se préoccuper des doutes de son cousin. D'après l'inspecteur Montgomery, le crime dont est accusée Sophia n'est pas le premier dans ce genre.

Stuart se redressa dans son fauteuil.

— Pardon ?

— D'après lui, ce meurtre est au moins le troisième d'une série. Toutefois, je dois vous préciser qu'il est le seul à croire à son hypothèse au CID. En fait, l'inspecteur Montgomery vient d'être promu et ses collègues en ont fait leur tête de Turc, si vous me passez l'expression. D'après ce que j'ai compris, les autres policiers ne croient pas à son hypothèse et considèrent qu'il est idiot de tenter de rechercher par-delà les apparences. Pour ma part, je pense qu'il a raison de vouloir vérifier l'ensemble des assassinats qu'il a mis à jour. Selon lui, depuis quelques mois à Londres, plusieurs homicides ont été perpétrés par des proches des victimes, qui sont découverts dans des pièces fermées de l'intérieur, dans un état second à côté du cadavre, l'arme du crime encore à la main et incapables de se remémorer ce qu'il s'est passé.

Stuart descendit avec précaution sa jambe de la chaise où elle reposait et entreprit de la masser, un rictus douloureux figé sur le visage.

— De quels crimes parlons-nous ? grimaça-t-il.

— Tout d'abord, avant l'arrivée de l'inspecteur Montgomery, un jeune homme a été accusé d'avoir assassiné sa sœur. Ce malheureux a été reconnu coupable, condamné à mort et exécuté trois semaines après la sentence définitive. Ensuite, il y a environ six mois, juste après la prise de fonction de l'inspecteur Montgomery, une vieille dame a été accusée d'avoir assassiné sa cousine avec qui elle vivait en bonne intelligence depuis plus de trente ans. La pauvre femme est morte d'une maladie de cœur en prison pendant qu'elle attendait son procès. Quand l'inspecteur Montgomery a été appelé cette nuit sur les lieux du nouveau meurtre, l'état d'hébétude de Sophia lui a rappelé celui de la vieille femme. Il en a parlé à l'un des plus anciens du service, qui s'est souvenu du jeune homme. L'affaire l'avait étonné car ce garçon n'avait jamais posé de problème à quiconque. Il était même reconnu comme un jeune homme calme, travailleur et sans histoire. Aucun de ceux à qui il avait parlé de ce crime ne parvenait à comprendre ce qui lui était passé par la tête pour assassiner sa sœur dans de telles conditions. Malheureusement, l'inspecteur n'a rien trouvé qui pouvait laisser penser que quelqu'un d'autre était entré dans la salle et le garçon a été condamné sans qu'il ne se défende vraiment.

Stuart écoutait avec la plus grande attention le récit de sa cousine, tout en se massant les tempes du bout des doigts.

— L'inspecteur Percival Montgomery a donc retrouvé en une matinée la trace de deux meurtres similaires à celui dont est désormais accusée votre amie. J'espère de tout cœur qu'il ne s'agit que de coïncidences parce que, dans le cas contraire, je pense que nous allons trouver une liste bien plus longue.

— Que voulez-vous dire ?

— Si un tueur a trouvé un stratagème pour effacer la mémoire de ses victimes, il peut assassiner une personne et faire accuser l'un de ses proches. Pendant ce temps, il n'est pas inquiété et peut continuer sa besogne autant de fois qu'il lui plaira.

Elsie ouvrit de grands yeux horrifiés.

— C'est atroce !

— Et très ingénieux. Néanmoins, j'ignore comment il pourrait s'y prendre pour réaliser un tel forfait.

Ce fut au tour du regard d'Elsie de se perdre dans le vide, la perspective d'affronter ce tueur la laissant pour le moins perplexe.

— Imaginons que votre hypothèse soit la bonne. Comment allons-nous faire pour le débusquer ?

— Comme d'habitude, cousine, en appliquant la méthode des « Trois P » : patience, persévérance et…

— Et prudence, mon cher cousin, de la prudence…

— Si c'est vous qui le dites, Elsie, c'est que la situation est plus grave que je ne le pensais.

Elsie foudroya Stuart du regard, qui ne lui opposa qu'un large sourire.

— Et vous, Stuart, qu'avez-vous trouvé ?

— Peu de choses, en vérité. Comme convenu, je me suis rendu chez Miss Edwards où j'ai pu interroger à loisir tous les domestiques. Cependant, je n'ai rien trouvé d'inhabituel dans le comportement de cette jeune femme. Au contraire, depuis quelques semaines, les relations entre la mère et la fille s'étaient améliorées, puisque Sophia avait enfin accepté de faire la saison.

— Il est vrai que lorsque j'ai demandé à Sophia si elle s'entendait bien avec sa mère, elle a eu un moment d'hésitation.

— Cela confirme ce que m'ont dit les domestiques. La mère de Sophia n'approuvait pas son choix de rester célibataire, afin de vivre la vie qu'elle souhaitait. Cette jeune femme semble être d'une grande intelligence et voulait poursuivre des études de philosophie. Pourtant, sa mère s'y était toujours opposée, créant de grandes tensions au sein de la famille.

Elsie eut un pâle sourire. Sophia avait toujours été une lettrée et le fait qu'elle souhaitât poursuivre des études universitaires de philosophie ne l'étonnait guère. *Qu'est-ce qui t'est arrivé, ma pauvre Sophia…*

— Pourquoi a-t-elle changé d'avis ? demanda soudain Elsie.

— C'est là un point intéressant car nul ne le sait. Sa femme de chambre a même été très surprise lorsque le mois dernier, Sophia lui a annoncé qu'elle ferait la prochaine saison. Jusqu'alors, elle s'était toujours opposée avec la dernière énergie à se soumettre à ce grand jeu des mariages, gardant toujours espoir de pouvoir plier son inflexible mère à sa volonté.

— Curieux, songea Elsie à haute voix. Un tel changement d'attitude ne ressemble pas à la Sophia que je connais.

— C'est aussi ce que m'a dit sa femme de chambre, reprit Stuart. Selon elle, sa jeune maîtresse n'aurait pas changé d'opinion sans avoir une bonne raison.

— Aurait-elle rencontré quelqu'un ?

— C'est peu probable car Sophia ne sortait guère. Puisqu'elle refusait de se plier aux exigences de son milieu social, sa mère lui interdisait toute sortie.

— Les exigences de son milieu social ? Mais Sophia n'est pas noble à ce que je sache.

— Je vous le confirme. Sophia n'est pas issue de la noblesse, mais ses parents étant devenus richissimes grâce à leurs investissements dans la marine marchande et quelques mines de diamants, sa mère a toujours eu le grand espoir de la marier à un rejeton déshérité de la noblesse.

— Et son père ? N'avait-il pas voix au chapitre ?

— L'un des points intéressants de cette famille est que l'ensemble de la richesse appartenait en propre à la mère. Le père de Sophia a été assez avisé pour investir à profit la fortune de sa femme et la faire fructifier mais, dans le couple, c'était la mère qui était riche, expliqua Stuart.

— Il faut donc que nous tenions compte de l'héritage.

— Oui et je suppose que ce ne sera pas à l'avantage de Miss Edwards.

Elsie fit une moue désapprobatrice, mais ne répliqua pas. Elle savait que Stuart avait raison.

◆ ◆ ◆

La nuit s'imposait lorsque Elsie quitta l'agence. Stuart n'aimait pas qu'elle rentrât seule chez son frère, mais elle était têtue et avait pris prétexte qu'à bicyclette, elle ne risquait rien. En outre, avait-elle soutenu, le logement d'Édouard était situé à moins d'un demi-mile de l'agence et Stuart devait ménager sa jambe, par trop sollicitée le jour même. Par conséquent, il pouvait rester à se reposer en toute quiétude à l'agence, pendant qu'elle rentrait.

Elsie ignorait que les projets de son cousin pour la soirée étaient tout autres. Ils avaient passé les dernières heures du jour à rechercher dans toutes les archives de presse dont ils disposaient des crimes similaires à celui sur lequel ils enquêtaient. Leur recherche avait été fructueuse puisqu'ils avaient non seulement retrouvé la trace du premier meurtre évoqué par l'inspecteur Montgomery, celui du jeune homme sans problème, mais ils avaient aussi découvert l'assassinat d'un commerçant par son épouse survenu dans des conditions similaires. Plus intéressant encore, la commerçante était toujours en vie et purgeait une peine d'emprisonnement à vie. Elsie s'était proposé de rendre visite à cette femme après avoir vu Sophia le lendemain. Pour sa part, Stuart avait la ferme intention de se charger du premier assassinat qui le conduirait à arpenter le quartier de triste mémoire de Whitechapel.

D'après l'article, les malheureux touchés par le premier drame étaient une honnête famille d'ouvriers des chantiers navals, ce qui signifiait que Stuart aurait plus de chances de les trouver à leur domicile en début de soirée qu'à tout autre moment de la journée. Il se décida à ressortir, tout en se chargeant de sa canne plombée et de son revolver dûment chargé. Whitechapel était certes débarrassé de Jack l'Éventreur - du moins pour le moment, puisque personne ne savait qui avait perpétré ces abominables crimes moins de trois ans auparavant - mais le quartier restait un coupe-gorge pour tous les inconscients qui s'y rendraient sans les précautions nécessaires.

Stuart avait eu quelques difficultés à trouver un cocher acceptant de le déposer en plein Whitechapel à la nuit tombée. Il avait été obligé de doubler les gages pour qu'enfin l'un d'entre eux se décidât à l'amener à bon port. Heureusement, les frais occasionnés par l'enquête étaient pris en charge par le client. Cependant, il n'y avait rien eu à faire pour convaincre le cocher de l'attendre pendant le temps de ses investigations. Le détective en serait quitte pour une belle marche avant de rejoindre des quartiers plus fréquentables, qui lui permettraient de trouver une voiture pour rentrer chez lui.

À peine étaient-ils arrivés à destination que l'attelage abandonna le détective à son sort devant la porte. Stuart ne mit pas longtemps à comprendre que la maison était abandonnée. Il pesta d'autant plus contre le manque de patience du chauffeur. Il se décida à toquer chez les voisins mais ne reçut aucune réponse, mis à part le fait que les lumières s'éteignaient dès que le son de sa main contre la porte résonnait. De guerre lasse, Stuart reprit la direction de l'ouest où il pourrait trouver un fiacre.

Alors qu'il marchait depuis quelques minutes, Stuart passa devant une église d'où quelque lumière filtrait sous la porte. *Ce n'est pas si loin de l'habitation de ces pauvres gens. Avec un peu de chance...* Il entra mais ne croisa pas âme qui vive. Le lieu était paisible, lumineux dans la nuit, doux et chaleureux. Une odeur d'encens flottait dans l'air et appelait au recueillement et à la prière. Avant de repartir, Stuart se dirigea vers le bénitier et se marqua d'un signe de croix, sa mère lui ayant appris à saluer le Seigneur lorsqu'il entrait chez lui.

— Puis-je vous aider, mon fils ?

Stuart sursauta et se retourna d'un bond. Il ne trouva en face de lui qu'un prêtre au regard bienveillant. Bien bâti, le regard doux, l'homme le regardait avec quelque étonnement, mais se contenta de sourire.

— Veuillez pardonner ma réaction, mon père, mais, dans ce quartier, il vaut mieux se tenir sur ses gardes.

Le sourire de l'ecclésiastique s'élargit.

— Dieu veille sur chacun de nous, mon fils, surtout dans ces quartiers, comme vous le dites.

— Dieu n'a pas beaucoup veillé sur ces pauvres femmes assassinées par l'Éventreur…

Le prêtre se signa aussitôt, tout sourire ayant quitté son visage. Stuart constata qu'il avait blêmi et s'en voulut de sa remarque acerbe.

— Je suis désolé, mon père. Je ne voulais pas être impoli. Je suis détective privé et, dans mon métier, la foi en l'homme se fait plus ténue chaque journée qui passe.

Le religieux observa longtemps le visage de Stuart qui se sentit soudain fort intimidé par ce regard. Il n'était guère confortable de voir l'état de son âme être évalué ainsi.

— Je comprends, mon fils, reprit l'homme d'Église, mais ce dont vous avez parlé est l'œuvre du Diable. Dieu n'a rien à voir en cela.

Stuart observa le prêtre. Il avait l'air sincère et préoccupé.

— Je me demande si… Le Démon est-il encore à l'œuvre ici ? demanda le détective.

L'homme inspira et hocha la tête en signe d'assentiment.

— J'enquête sur une étrange affaire, mon père, et mes recherches m'ont conduit ici. Peut-être accepterez-vous de m'aider ?

— Si je puis aider la justice des hommes, je le ferai sans hésiter, mon fils.

— Un jeune homme a été accusé d'avoir assassiné sa sœur, sans pour autant qu'un quelconque mobile ne soit trouvé et sans que ce pauvre garçon ne se souvienne des faits ou de la soirée qui avaient précédé.

— Oui, une terrible histoire, répondit avec quelque lenteur le curé. Ce pauvre Garrett Carnaby n'a conservé aucun souvenir de cette abominable nuit. C'était peut-être mieux pour lui…

— Pensez-vous qu'il était coupable ?

L'ecclésiastique regarda le ciel un instant.

— La justice des hommes a tranché mais, pour avoir visité des criminels à de nombreuses reprises peu de temps avant leur exécution, je dois vous dire que le jeune Garrett ne se conduisait pas comme les autres. Il voyait cette exécution comme un soulagement. Il s'était persuadé que l'abomination de ce qu'il avait fait cette nuit-là expliquait sa perte de mémoire. *Dieu*, disait-il, *m'octroie la grâce de l'oubli car je ne pourrais pas supporter ce que j'ai fait.*

Stuart haussa les sourcils.

— Étrange réaction pour un coupable.

— C'est aussi ce que j'ai pensé. Je suis allé en parler à l'inspecteur en charge de cette affaire mais, malgré les doutes qu'il avait lui aussi sur la culpabilité de ce malheureux, il n'a rien trouvé qui puisse démontrer qu'il était innocent. J'ai accompagné le jeune Garrett Carnaby jusqu'à ses derniers instants et je peux vous affirmer qu'il est monté à l'échafaud avec une grande dignité, en adressant ses dernières pensées à l'âme de sa sœur et non pas à son propre salut.

Stuart laissa un instant au prêtre.

— Où est parti le reste de la famille ?

— Peu après que leur fils a été exécuté, les parents ont quitté leur domicile avec les deux enfants qui leur restaient. J'ignore où ils sont partis, mais je gage qu'ils se sont éloignés le plus possible de ce lieu maudit.

Un silence tomba entre les deux hommes. Ils se séparèrent un moment plus tard, en se promettant de se tenir informés des éventuelles informations qu'ils pourraient recueillir sur cette odieuse affaire.

◆ ◆ ◆

Samedi 6 juin 1891

L e lendemain matin, Elsie se présenta à la première heure au poste de police de Canon Row. Le factionnaire du jour ne fut pas plus aimable que le précédent mais, l'inspecteur Percival Montgomery ayant laissé des instructions, Elsie put rencontrer Sophia sans trop de difficultés.

Quand la jeune femme entra dans la salle d'interrogatoire, Elsie la considéra d'un œil professionnel, en se demandant si son amie avait pu tuer sa mère pour vivre la vie qu'elle souhaitait.

— As-tu trouvé quelque chose ? interrogea Sophia.

— Rien de probant pour le moment, répondit Elsie sans s'appesantir sur le sujet. Je viens te voir pour avoir une précision. J'ai appris que tu avais accepté de faire la saison et je me suis demandé ce qui, à notre âge, pouvait t'avoir convaincue de changer ainsi d'opinion.

Sophia ne put cacher son embarras. Si elle se contrôlait mieux qu'Elsie pour cacher ses émotions, la gêne que lui avait procurée cette question était visible.

— Je ne vois pas en quoi cela peut être important pour cette affaire, finit-elle par répondre.

Elsie fut sidérée. *Qu'est-ce qu'elle peut cacher de si grave ?*

— Sophia, il va falloir me dire la vérité, dit-elle d'un ton tranchant. Si tu ne m'aides pas, tu vas finir au bout d'une corde.

Malgré sa pâleur, Sophia parvint encore à blêmir. Elsie s'en voulut un peu de sa brutalité, mais elle devait obtenir des réponses sans délai.

— Tu vas te moquer de moi.

— Je te jure que si l'information que tu vas me donner n'a aucun lien avec notre affaire, elle ne sortira pas de cette pièce. En revanche, tu me permettras d'être la seule juge de l'importance à lui donner. Qu'est-ce qui t'a convaincue de faire la saison ?

— Un mage… souffla Sophia.

Elsie refusa de comprendre ce que ses oreilles avaient entendu.

— Pardon ?

Elsie ne put dissimuler la stupéfaction que lui apportait cette réponse. Sophia se redressa d'un air de défi et répéta plus fort :

— Un mage ! Je sais ce que tu vas me dire, toi la cartésienne, mais cet homme est extrêmement puissant et, si tu le connaissais, toi aussi tu écouterais ses avis.

Elsie en resta bouche bée. Elle regarda Sophia avec les yeux ronds en se demandant si la jeune femme tentait de plaisanter. Si tel était le cas, la situation était on ne peut plus mal choisie !

— De quoi parles-tu ? parvint-elle à articuler.

Sophia s'échauffa quelque peu.

— Ma mère était désespérée de me voir mariée à l'un ou l'autre de ces héritiers, dotés d'un nom mais sans le sou, qui parcourent la saison londonienne dans l'espoir de trouver une héritière capable de renflouer les finances familiales. Pour ma part, je ne voulais pas entendre parler de l'un de ces mariages qui m'obligerait à rester sous la domination d'un homme le restant de ma vie. Ma mère a alors fait une chose que je n'aurais jamais soupçonnée : elle a payé un mage très puissant pour qu'il me concilie les puissances invisibles, afin de mettre sur mon chemin un homme qui nous conviendrait à toutes deux.

Elsie grimaça. Elle était perdue.

— Je ne comprends pas.

Sophia pinça la bouche d'un air agacé. Cette conversation lui pesait.

— Le mage a fait une messe noire pour que, lors de la prochaine saison, je trouve un noble héritier qui me laisserait poursuivre mes études de philosophie.

Elsie n'avait jamais imaginé qu'elle pourrait être si abasourdie. Elle dut convenir que Stuart avait, une nouvelle fois, raison. La nature humaine était complexe, parfois stupéfiante, souvent incompréhensible.

Chapitre 3

E lsie avait quitté Sophia au comble de la confusion. Elle ne parvenait pas à se convaincre que son amie lui avait dit la vérité. Sophia aurait accepté de changer le cours de toute son existence car un mage aurait plié les puissances invisibles à sa volonté ? Si elle n'avait pas connu le caractère raisonnable de la jeune femme, elle aurait été persuadée d'avoir été la victime d'une mauvaise farce.

Tout en remontant le long de la Tamise, Elsie songeait à l'étrangeté de ses contemporains. Alors que les sciences connaissaient une progression sans pareille depuis l'aube de l'humanité, les Victoriens n'avaient jamais été aussi passionnés par les sciences occultes. Plongée dans ses pensées, Elsie ne remarquait même pas les abords du *Victoria Embankment*. La Tamise s'écoulait à côté d'elle en un flot lourd, charriant toutes sortes de déchets, sans qu'elle n'y prêtât la moindre attention. Elle se dirigeait d'un pas mécanique vers la prison de *Newgate* de sinistre mémoire. Depuis le XIIème siècle, Londres disposait d'une prison à cet emplacement. Les traitements infligés aux prisonniers au sein de ces murs avaient coûté la vie à plus d'un homme, d'une femme ou d'un enfant au fil des siècles. Les bâtiments avaient certes évolué au fil du temps : l'adjonction de grands ventilateurs au XVIIIème siècle avait amélioré la qualité de l'air qui ne charriait plus la terrible « fièvre des prisons », mais les conditions de vie des prisonniers demeuraient difficiles. Les derniers grands travaux avaient été entrepris en 1858, sous l'influence de la réformatrice sociale Elizabeth Fry. L'« ange des prisons », comme elle était surnommée, avait souhaité que les prisonnières et leurs enfants pussent disposer de cellules individuelles, ce qui avait été fait. Pourtant, même si les conditions de détention s'étaient améliorées, mieux valait ne pas être enfermé à *Newgate*.

Arrivée au *Blackfriars Bridge*, Elsie remonta *New Bridge Street* puis se dirigea vers *Old Bailey*, la Haute Cour criminelle de Londres, où elle trouva ce qu'elle cherchait. Elle se présenta au factionnaire qui grimaça lorsqu'elle lui demanda comment elle devait s'y prendre pour s'entretenir avec l'une des prisonnières.

— Si vous n'êtes pas de la famille, ça va être compliqué. Mais, d'abord, vous êtes sûre qu'elle est là, votre prisonnière ?

Elsie sursauta. Elle n'était pas certaine du tout que la commerçante, condamnée pour le meurtre de son mari, se trouvait à *Newgate*.

— Où pourrait-elle se trouver d'autre ?

Le factionnaire leva les épaules au ciel.

— C'est pas la seule prison de Londres ! Ici, on ne garde que les condamnés à mort et ceux qu'attendent leurs procès. Pour le reste, vaut mieux qu'vous demandiez à son avocat ou à la police où elle se trouve.

Elsie était fort déconfite. Elle avait été si perturbée par l'aveu de Sophia, qu'elle n'avait pas même réfléchi à sa destination. Elle s'était rendue dans la seule et unique prison qu'elle connaissait, sans douter que la commerçante s'y trouvât. Elle avait perdu un temps précieux et devait se montrer plus efficace désormais. Puisque, pour le moment, elle devait abandonner les recherches sur la commerçante, peut-être pourrait-elle se rendre chez l'avocat de Sophia afin de discuter avec lui de la défense de la jeune femme.

Maître Lawrence Dwight ne fut pas le moins du monde satisfait de cette visite impromptue. Quoique le père de Sophia eût exigé qu'il répondît aux questions des détectives, qu'il avait engagés pour la défense de sa fille, l'avocat se montra fort réticent à céder le moindre renseignement à Elsie. Non seulement il refusa de la recevoir pour discuter avec elle, mais encore il se contenta de la confier aux bons soins de son assistant, Monsieur Philby, un personnage taciturne et hargneux. Ce dernier la relégua en peu de temps sur une chaise dans le couloir avec quelques notes des entretiens de l'avocat avec Sophia. Cette deuxième journée d'enquête ne se déroulait vraiment pas sous les meilleurs auspices pour Elsie. Toutefois, faisant contre mauvaise fortune bon cœur, la jeune femme se fit un devoir d'examiner avec attention les documents que l'avocat avait bien voulu lui confier. Elle sortit de son propre sac le carnet qui la suivait partout et commença à prendre des notes avec son crayon à papier, se promettant de passer à l'encre ses réflexions dès qu'elle rentrerait à l'agence.

Un quart d'heure plus tard, Elsie bouillait de contrariété. Il n'y avait rien dans ce dossier. Rien de rien ! Soit cet avocat avait décidé que Sophia était coupable et refusait d'assurer sa défense, soit il n'avait rien trouvé à dire pour soustraire sa cliente à la potence. Quelle que fût la réponse, ce monsieur allait comprendre qu'avec ou sans son aide, l'agence Worthington & Spencer ferait tout pour innocenter Sophia Edwards.

◆ ◆ ◆

Stuart s'était installé à la terrasse d'un café non loin de *Covent Garden*. Dos au mur, il observait avec attention les passants qui se pressaient le long des trottoirs. Lui qui n'aimait ni la foule ni le bruit avait toujours des difficultés à s'habituer à la vie trépidante de Londres. Il se félicita une nouvelle fois du choix judicieux d'Elsie qui avait placé l'agence dans une rue animée mais encore tranquille, située à moins d'un mile de *Regent's Park*. Le détective appréciait chaque jour davantage la proximité de cette oasis de verdure, où il allait se ressourcer le plus souvent possible. Là, au calme, il pouvait contempler la faune et la flore d'Angleterre, si différente de celle de l'Inde. Dans ces moments, il songeait à ceux qu'il avait laissés derrière lui : sa mère Violette, son père adoptif, Léopold Spencer, son frère James et sa grand-tante Doris.

Un an auparavant, il avait été contraint de quitter le seul pays qu'il avait jamais connu, ainsi que toute sa famille, pour rejoindre l'Angleterre et y recevoir des soins médicaux plus appropriés. Sa jambe droite, qui avait été broyée par la chute de son cheval en 1880 - à la fin de la IIème guerre d'Afghanistan - et laissée pour partie insensible, avait été piquée par une araignée venimeuse. Stuart ne s'était pas aperçu des dégâts occasionnés par la piqûre et avait tardé à consulter les médecins. Quand il l'avait fait, il était trop tard. Il avait été envoyé à Londres pour bénéficier d'un climat plus sain et de soins médicaux de meilleure qualité. Alors qu'il avait toujours eu l'espoir de retourner en Inde et de reprendre le cours de sa vie après cet épisode londonien, la rencontre avec sa jeune cousine Elsie avait quelque peu modifié ses plans. La perspective de devenir détective privé avait suscité son intérêt et il se découvrait un certain talent pour cet exercice, auquel il avait été préparé par huit années passées au sein des enquêteurs rattachés à l'armée. Grâce à Elsie, il disposait désormais d'un logement décent à Londres, d'une profession qui lui plaisait et d'une nouvelle famille, ses cousins l'ayant adopté sous l'influence déterminée de leur plus jeune sœur. Souvent invité à la table d'Édouard et de Victoria, Stuart avait aussi passé les fêtes de fin d'année en compagnie de Cathy, la sœur aînée d'Elsie, et d'Albert, son charmant époux. Pourtant, la distance qui séparait Stuart de ses parents, de son frère et de sa grand-tante lui pesait et, parfois, il songeait encore à regagner le pays qui l'avait vu naître.

Ces rêveries furent interrompues par un bobby qui se dirigeait avec entrain vers lui. Stuart sourit à l'agent revêtu de l'uniforme bleu et du casque caractéristique de ses fonctions. Depuis combien d'années n'avait-il pas rencontré Hugh Hobbes, avec lequel il avait servi dans l'armée britannique en Inde ? À la différence de Stuart, Hugh était un Londonien pure souche, à l'accent cockney prononcé. Le détective constata avec quelque émotion que les années n'avaient pas non plus épargné son ami. Ses cheveux auparavant d'un brun éclatant se paraient çà et là de touches blanches et ses traits s'égayaient désormais de rides mouvantes. Néanmoins, Hugh avait gardé sa belle énergie et son impressionnante masse physique.

— Eh bien ça ! Si je m'attendais, commença Hugh d'une voix tonitruante. Quand j'ai reçu ton télégramme ce matin au poste, je n'en croyais pas mes yeux. Que fais-tu si loin de tes Indes, mon vieux Stuart ?

Hugh s'installa à côté de son frère d'armes, tout en ôtant son lourd casque, et ils reprirent la conversation arrêtée quelques années auparavant, comme si de rien n'était. Les souvenirs et les nouvelles de connaissances communes s'égrainèrent avec gaieté et tristesse, avant que les temps présents ne s'insinuassent dans la conversation. Stuart aborda alors le sujet pour lequel il s'était déplacé :

— Comme je te l'ai dit ce matin dans mon télégramme, je suis maintenant détective privé. On m'a confié une enquête étrange et je voudrais savoir si les circonstances du crime d'hier te rappellent quelque chose.

— Dis toujours, questionna Hugh en plongeant le nez dans une épaisse tasse de thé.

L'image fit sourire Stuart mais, sous ses airs rugueux, Hugh était un homme réfléchi et honnête. Jamais il ne se laisserait convaincre de boire une bière, sachant que le service l'attendait peu après.

— Dans la nuit d'hier, une jeune femme a été trouvée dans une pièce fermée de l'intérieur, près du cadavre de sa mère, une arme à la main et dans un état second, incapable de se souvenir ni du meurtre, ni de la soirée précédente.

Hugh siffla entre ses dents.

— T'as repris les enquêtes de Sherlock Holmes ou quoi ? Si je me souviens d'un autre meurtre dans une pièce fermée de l'intérieur avec un assassin amnésique ? Non, mon vieux, ça ne me rappelle rien… Je me demande bien comment tu vas faire pour prouver l'innocence de ta cliente… Si tu y arrives, je te paie à boire de bon cœur !

Hugh parut soudain pensif.

— Tu crois qu'elle est innocente ? demanda-t-il d'un ton sérieux.

— C'est possible. Je n'en suis pas certain mais, après quelques recherches, c'est le quatrième assassinat qui se déroule dans les mêmes circonstances à Londres depuis quelques mois, alors qui sait ?

Hugh faillit lâcher sa tasse.

— C'est pas Dieu possible ! Quatre meurtres où on retrouve les assassins dans une pièce fermée, à côté de leurs victimes, et incapables de se souvenir de ce qu'ils ont fait ? Tu plaisantes, j'espère ! On aurait fait le rapprochement !

— C'est ce que le nouvel inspecteur en charge du dernier cas est en train de faire. À ce propos, je voulais savoir si tu connaissais l'inspecteur Percival Montgomery ?

Hugh parut pensif un instant.

— Montgomery ? Je ne le connais pas, mais j'en ai entendu parler. Si c'est lui qui est en train de faire ce recoupement, je ne m'affolerais pas trop à ta place. D'après ce que j'en sais, il voit des complots partout et cherche toujours à se mettre en avant. Le bonhomme est ambitieux et n'attend qu'une chose, le retour de l'Éventreur. Il fait partie de ces orgueilleux, certains qu'ils auraient fait mieux que les autres s'ils avaient pu enquêter sur ces horreurs.

— Tu y étais ?

— En plein dedans. Du sang jusqu'aux genoux, mon vieux. J'avais vu des horreurs pendant la guerre, mais je t'assure que ce qu'a fait ce sadique n'a pas d'équivalent.

— Tu as une hypothèse ?

— On en a eu des dizaines. On a tout vérifié. On a tout contrôlé. Rien… Rien de rien. On ne sait même pas pourquoi il a arrêté de tuer ce fou ! Tous les matins, quand je prends mon service, je me dis : « Pourvu que j'en trouve pas une autre ».

Un silence s'imposa pendant quelques instants. Les deux hommes burent une gorgée de leurs thés et contemplèrent la foule devant eux.

— Tu as toujours travaillé dans Whitechapel ? s'enquit Stuart.

— Oui et je veux pas un autre secteur. Je connais les gens, ils me connaissent et tout se passe bien. Il y a de tout dans ce quartier. Des braves gens pauvres comme Job, des gredins méchants comme pas deux, des commerçants honnêtes et des filous… Bref, je connais tout ce petit monde et je sais qui vaut quoi. Quand il y a un souci, je sais à qui m'adresser, tu peux me croire.

— Je te crois. J'étais dans ton secteur, hier soir. Que penses-tu du père O'Brien ?

Le visage d'Hugh s'illumina.

— Tu connais le père O'Brien ? Un brave homme celui-là ! Il est resté, lui au moins. Faut voir le nombre de gens qui ont quitté Whitechapel pendant qu'il y avait Jack. Mais le père O'Brien, c'est pas le genre de bonhomme à abandonner ses ouailles. Il est resté et il a aidé. À croire qu'il dort jamais. Son église était ouverte jour et nuit et il disait à tout le monde qu'au moindre problème, ils pouvaient tous venir se réfugier dans la maison du Seigneur. Il disait que Satan s'était incarné et qu'il fallait le combattre pied à pied. Il a béni tous les bobbies qu'il a pu croiser à l'époque, pour les protéger, il disait. J'aime bien ce prêtre. Je vais discuter avec lui, dès que j'ai un moment.

Il connaît les gens du quartier et il tient à maintenir l'équilibre pour que tout se passe pour le mieux.

Stuart acquiesça d'un signe de tête. Le père O'Brien lui avait fait bonne impression à lui aussi. Il faudrait qu'il revienne discuter avec lui un peu plus longuement.

— Le père O'Brien se souvenait d'une des affaires qui m'intéressent.

Hugh parut surpris.

— Un de tes crimes improbables ?

— Oui, la première affaire, celle du jeune Garrett Carnaby.

Hugh resta interdit un instant. Il replongeait dans ses souvenirs. Le processus était long, tant les crimes et délits s'accumulaient à Whitechapel.

— Garrett Carnaby... Oui, je me souviens de lui. Un gamin sans histoire qui est devenu fou et a assassiné sa sœur une nuit.

— Oui, et il a été retrouvé dans une chambre close de l'intérieur, sans le moindre souvenir de ce qui s'était passé.

Hugh en resta sans voix. Il se frottait l'angle de la mâchoire de son pouce rugueux.

— Sainte-Mère de Dieu... Tu as raison, cette affaire correspond à ton histoire. J'étais tellement certain que le gosse avait perdu l'esprit suite à un excès de boisson, que je n'ai pas fait le rapprochement...

— Était-il ivre ou sentait-il l'alcool quand il a été retrouvé ? interrogea Stuart.

— Pas vraiment... Disons qu'on ne s'est pas posé de questions. Il était sonné, à côté du cadavre de sa sœur et il tenait le couteau avec lequel il avait égorgé la pauvre petite, alors...

— Qui a ouvert la pièce ?

— J'étais avec un de mes collègues. Le poste avait reçu l'information selon laquelle il y avait du vilain chez les Carnaby. On y est allé tout de suite, c'était pas le genre de la famille...

— Par conséquent, tu as ouvert la pièce. Fais un effort de mémoire. Quelle odeur s'est imposée à toi ?

— Celle du sang et des viscères. Le tueur avait jugé bon de planter plusieurs fois sa lame dans le ventre de la gosse…

Stuart nota avec satisfaction que Hugh n'avait pas désigné Garrett Carnaby comme le tueur.

— Et l'alcool ?

— On a trouvé les parents ivres morts dans la pièce principale. Quand on est monté à l'étage, la porte était verrouillée, on l'a enfoncée. Le jeune Carnaby était affalé, par terre, le couteau à la main, à côté de sa sœur. Il a fallu qu'on le secoue rudement pour qu'il se réveille… Enfin, si on peut appeler ça « se réveiller ». Jamais vu quelqu'un d'aussi vaseux… Je dois avouer qu'on n'a pas cherché davantage.

Hugh se rejeta en arrière sur sa chaise. Le bois craqua sous sa masse. Le bobby encaissait un rude coup.

— Et le père O'Brien, il en pense quoi ? s'inquiéta-t-il.

— D'après lui, le jeune Carnaby ne réagissait pas comme les autres criminels. Il lui a rendu visite peu avant son exécution et Garrett trouvait un certain réconfort dans sa future exécution et dans son amnésie. *Dieu*, disait-il, *m'octroie la grâce de l'oubli car je ne pourrais pas supporter ce que j'ai fait.*

Hugh blêmit.

— C'est ce qu'il a dit au père O'Brien ?

Stuart acquiesça d'un signe de tête.

— Sainte-Mère de Dieu, grogna-t-il. Ça ressemble de moins en moins à ce que je croyais… Si jamais j'ai contribué à envoyer un innocent à la potence, jamais je me le pardonnerai. Faut que je parle au père O'Brien…

Hugh se leva d'un bond et allait laisser de quoi payer son thé sur la table, quand Stuart l'arrêta d'un geste.

— C'est pour moi, Hugh. Navré de t'avoir infligé cette épreuve, mais je cherche et j'espère me tromper sur la série…

Hugh leva ses épaules massives au ciel.

— Jamais vu un chien de chasse comme toi. Quand tu flaires un truc, c'est que t'as raison. Alors, je vais laisser traîner mes oreilles dans Whitechapel et je vais chercher moi aussi. Faut que je sache. Je pourrai pas dormir tant que je ne saurai pas. S'il y en a un qui s'amuse à tuer et à faire accuser des innocents, faut le coincer, Stuart. Tiens-moi au courant et je te rends la pareille.

Hugh s'éloigna de quelques pas et repassa son casque haut, avant de se retourner.

— Bonne chasse, mon vieux.

Stuart le salua d'un signe de connivence. Il avait un nouvel allié dans la *Metropolitan*. *Pourvu que la chasse soit bonne…*

Elsie avait faim. Ce misérable la laissait attendre tout son soûl dans le fol espoir qu'elle partît, mais c'était mal la connaître ! S'il ne la recevait pas dans le quart d'heure suivant, elle allait enfoncer sa porte ! Comme impressionnée par la menace pesant sur ses gonds, la porte du bureau de Maître Lawrence Dwight pivota pour céder le passage à l'avocat. Poussé par la faim, il sortait enfin de son antre, persuadé qu'Elsie avait quitté son cabinet depuis fort longtemps.

— Maître Dwight, vous m'avez fait perdre mon temps et celui de notre cliente. Je pense que la situation est assez grave sans que nous ne nous conduisions comme des ennemis, attaqua-t-elle bille en tête.

L'avocat conçut un franc déplaisir à cette réception.

— Que faites-vous encore là ? Ne pensez-vous pas que mon temps est précieux ?

— Votre temps m'est moins précieux que celui de Miss Sophia Edwards et je vous rappelle que vous êtes supposé la défendre, ce qui ne ressort pas des notes lamentables que vous avez prises !

L'indignation se le disputa à la stupéfaction dans l'esprit de l'avocat.

— Comment osez-vous ? Je vais vous faire jeter dehors !

— Essayez donc et vous vous expliquerez avec Monsieur John Edwards de la vacuité de votre ligne de défense !

Maître Dwight se redressa de toute sa hauteur et toisa Elsie, qui ne fut guère impressionnée, étant aussi grande que lui.

— Dans mon bureau !

Elsie entra, son carnet à la main. Elle entendit un brusque claquement et se retourna pour faire face à la tempête.

— Je n'ai pas de leçons à recevoir d'une apprentie détective comme vous ! Pour ma part, je suis avocat depuis plus de vingt ans et je sais reconnaître un coupable quand j'en vois un.

— Je ne m'étonne plus du peu d'intérêt manifeste que vous portez à la défense de notre cliente. Puisqu'elle est coupable, vous n'avez pas à perdre votre précieux temps à sa défense.

— Ce n'est pas la première fois que je défends un coupable et je ferai tout ce qui est en mon pouvoir pour lui éviter la potence. Cependant, ne vous leurrez pas. Les matricides mènent à l'échafaud neuf fois sur dix.

— Il nous manque tout de même un élément d'importance, Maître. Il me semble que nous ignorons encore pourquoi elle aurait commis cet assassinat ?

Maître Dwight haussa les épaules avec exaspération.

— D'après le Procureur Muir qui instruit son dossier, cette jeune femme était attachée à sa liberté de façon excessive. Elle a été contrainte par sa mère d'accepter une situation qui ne lui convenait pas et, aussi étrange que cela vous paraisse, dans un accès de fureur elle a tué sa mère.

— *Missa est…* Que suis-je supposée faire dans ces conditions ? Prier ?

— C'est peut-être la chose la plus utile que vous soyez capable de faire. En conséquence, je ne vous retiens pas.

L'avocat ouvrit la porte d'un geste impérieux. Elsie la franchit sans lui accorder un regard. Elle n'avait aucune aide à attendre de ce pompeux personnage. *Entre lui et le procureur, je me demande comment je vais sauver Sophia...*

Chapitre 4

S tuart avait profité du temps clément pour rallier à pied New Scotland Yard sur les bords de la Tamise. Sa conversation avec Hugh lui avait donné de quoi penser. Il avait toujours apprécié cet homme intègre et perspicace. Si même un policier de son espèce s'était laissé abuser par le crime attribué à Garrett Carnaby, combien d'innocents avaient été accusés d'un meurtre qu'ils n'avaient pas commis ? Le personnage de l'inspecteur Percival Montgomery ne lassait pas non plus de l'intriguer. Elsie avait trouvé l'homme sympathique et lui accordait de prime abord sa confiance. Néanmoins, sa cousine n'était pas très méfiante par nature. De son côté, Hugh ne connaissait pas le personnage, mais la réputation dont il bénéficiait n'avait rien d'engageant. Restait à le rencontrer pour se faire une opinion. Stuart espérait juste qu'il trouverait l'inspecteur à son bureau en ce début d'après-midi... Au pire, il pourrait toujours discuter avec Sophia. Ainsi n'aurait-il pas fait le déplacement pour rien.

Lorsqu'il entra dans le bâtiment, l'enquêteur se sentit écrasé par le poids de l'institution. Lui qui avait appartenu à l'armée se félicita de son choix de liberté. En devenant détective privé, il s'était détaché de toute hiérarchie et pouvait mener ses enquêtes sans en rendre compte à quiconque. Il était seulement responsable de son travail devant ses clients. Ses pouvoirs d'investigation s'étaient certes réduits comme une peau de chagrin mais, avec quelques alliés au sein des forces de l'ordre, il pourrait compenser ce handicap... Arrivé à l'accueil, il demanda à rencontrer l'inspecteur Percival Montgomery. Le factionnaire avait une furieuse envie de l'envoyer au diable, mais quelque chose dans le maintien tout militaire de son interlocuteur lui recommanda de peser les mots qu'il allait prononcer.

— Il est là, Monsieur, mais je ne sais pas s'il va accepter de vous recevoir.

— Il suffit de le lui demander dans ce cas.

L'homme griffonna un mot sur un bout de papier et le donna à un jeune homme, à peine sorti de l'enfance, vêtu d'un uniforme rutilant. La jeune recrue s'empara de la note et partit comme si le destin de toute la Grande-Bretagne dépendait de sa mission. Stuart sourit se rappelant avec bienveillance de ses propres premiers jours sous l'uniforme.

Quelques minutes plus tard, Percival apparut, avançant de son pas vif en direction de Stuart. Il ralentit à peine pour lui dire de le suivre, ayant une course à faire à l'extérieur. Stuart trouva le procédé fort cavalier, mais emboîta le pas à l'étrange personnage, sous le regard moqueur de quelques policiers.

À peine sorti du bâtiment, Percival jeta des regards par-dessus son épaule et poursuivit sa route d'un bon pas quelques instants encore. Puis, lorsqu'il fut certain de ne plus être l'objet d'une quelconque attention, il s'arrêta net.

— Je suis désolé de cet accueil pour le moins froid, mais mon supérieur m'a rappelé à l'ordre hier, après que j'ai autorisé votre associée à voir la suspecte.

Stuart s'appuya sur sa canne pour soulager sa jambe invalide. Le mouvement n'échappa pas à l'inspecteur, qui parut ennuyé. Quand il avait vu Stuart s'aider d'une canne, il avait pensé - un peu vite - qu'il s'agissait d'un accessoire de mode. À la grimace de soulagement qu'il voyait désormais sur le visage du détective, il prenait conscience de la grossièreté de son erreur.

— Voulez-vous que nous nous asseyions quelque part ?

— Ne vous inquiétez pas de cela. Je suis venu vous rencontrer pour savoir à quel type d'homme j'avais affaire. À l'instar de votre supérieur, j'ai été pour le moins surpris de la conversation que vous avez eue avec Miss Worthington et je voulais savoir si vous aviez cherché à la tromper.

Percival parut choqué par cette supposition.

— Pas le moins du monde, Monsieur ! dit-il d'un ton indigné. J'ai sur les bras une affaire absurde qui vient après plusieurs cas du même ordre et je suis le seul à trouver les circonstances de ces crimes louches. Mon supérieur me presse de finir l'enquête, ne comprenant même pas pourquoi je poursuis mes investigations, et mes collègues considèrent que je cherche une affaire d'importance pour continuer ma progression hiérarchique...

Stuart observa l'homme d'un œil neuf. Son costume était propre mais l'étoffe était râpée. *Milieu modeste.* Son regard était vif, il était jeune, peut-être ambitieux... *Sûrement ambitieux, mais l'ambition n'est pas blâmable. Il a senti quelque chose et se désespère de convaincre les autres de sa trouvaille...*

— Je crois en votre hypothèse, Monsieur l'inspecteur, conclut-il avec calme. Je pense que vous avez mis à jour un meurtrier d'un nouveau genre. Toutefois, il va vous falloir des alliés pour le débusquer.

— C'est pour cela que j'ai saisi l'occasion de parler à Miss Worthington hier. Je voulais que quelqu'un me croie. J'ai besoin de partager mes pensées, mes hypothèses et mes recherches avec un enquêteur... ou une enquêtrice, de confronter mon point de vue avec un autre esprit... La vieille dame qui est morte en prison ne méritait pas cette fin. C'était une brave femme, effondrée par la perte de sa cousine. Elle n'a pas supporté d'être si injustement accusée. Quant à Miss Edwards, même si elle résiste mieux à l'épreuve, je ne donne pas cher de sa vie, si rien n'est entrepris…

— Je comprends. Cependant, si vous choisissez d'échanger avec des détectives privés, il faut que vous soyez discret. La plupart des policiers nous considèrent au mieux comme incompétents, au pire comme des escrocs. Si vous souhaitez parler avec nous, venez à l'agence. Je réside à l'étage, aussi serais-je toujours disponible pour une discussion.

Stuart lui tendit sa carte. Percival lut l'adresse, acquiesça d'un mouvement solennel et l'empocha.

— Pourquoi me faites-vous confiance ? s'inquiéta-t-il.

Stuart sourit avec calme. Une certaine sérénité émanait de lui, ce que lui envia Percival durant un instant. Il était encore jeune, avait tout à prouver et combattait encore l'anxiété qui le guettait à chaque instant dans son métier.

— Parce que, nous aussi, nous avons besoin d'alliés dans la police officielle. En revanche, permettez-moi un conseil. Je pressens que celui ou celle que nous allons affronter va nous donner du fil à retordre. Soyez sur vos gardes. Dans ce métier, on ne sait jamais de quel côté va venir le prochain coup.

Percival acquiesça d'un signe de tête. Les deux hommes se séparèrent, persuadés qu'ils avaient une personne de plus sur qui compter.

◆ ◆ ◆

Quand Elsie rentra à l'agence, elle fut fort dépitée de ne pas y trouver Stuart. Elle n'avait guère avancé de son côté et avait espéré pouvoir s'entretenir des découvertes de son cousin, afin d'avoir de quoi penser pour la nuit. Néanmoins, il était près de cinq heures et demie et elle n'avait guère la possibilité de l'attendre. Elle avait promis à sa belle-sœur Victoria qu'elle serait présente au dîner, ce qui impliquait qu'elle devait rentrer assez tôt pour pouvoir se changer. Elsie tourna les talons avec quelque dépit et referma l'agence derrière elle.

◆ ◆ ◆

L e repas avait été très agréable. Elsie devait reconnaître que ses relations avec son frère et sa belle-sœur s'étaient améliorées jusqu'au point inattendu d'une presque entente cordiale. Depuis que l'agence était ouverte et qu'elle s'astreignait à lire la presse, elle pouvait discuter avec son frère de sujets politiques et économiques, ce qu'Édouard estimait davantage chaque jour. Il appréciait les analyses de sa sœur et s'attachait à compléter les informations dont elle disposait grâce à sa mémoire exceptionnelle des événements passés. La jeune femme avait moins de sujets de conversation en commun avec sa belle-sœur, mais les deux femmes s'entendaient mieux depuis la terrible épreuve du huis clos meurtrier au manoir Worthington. Elsie avait pu constater que Victoria savait tenir ses nerfs quand les circonstances l'exigeaient. Victoria, quant à elle, avait été impressionnée par les compétences combatives de la jeune enquêtrice, au point de prendre elle-même des cours d'escrime. Depuis lors, elle s'astreignait à cette nouvelle discipline qu'elle trouvait fort utile et distrayante.

— Avez-vous découvert pourquoi votre malheureuse amie a changé d'avis sur le mariage ? interrogea Victoria quand le dessert fut servi. La question semblait vous laisser perplexe ce matin, ma chère sœur.

Elsie inspira tout en levant les yeux au ciel.

— Effectivement, ma chère Victoria, j'ai obtenu sa réponse mais, en vérité, je ne sais toujours pas quoi faire de cette information.

— Quelle information ? s'intéressa Édouard.

Elsie prit le temps de la réflexion avant de répondre. Comment pouvait-elle aborder un sujet aussi saugrenu que celui d'un mage devant son frère, l'homme le plus cartésien qu'elle connaissait ? Elle ne disposait certes pas de beaucoup d'éléments de comparaison dans son entourage, mais Édouard lui semblait être d'une extrême logique... Son silence ne fit qu'attiser leur attention.

— Sophia a changé d'avis parce que sa mère a payé un mage pour qu'elle trouve un mari à son goût.

Édouard, toujours si maître de lui, ne put s'empêcher d'écarquiller les yeux. Avait-il bien entendu ?

— Je te demande pardon ? bafouilla-t-il.

— Je sais, dit Elsie d'un ton las. C'est ridicule, mais c'est la seule réponse qu'elle m'ait donnée et je ne sais pas quoi en faire !

Victoria s'éclaircit la gorge.

— Que vous a-t-elle dit avec précision ? demanda-t-elle d'une voix claire.

Elsie observa sa belle-sœur avec attention. Se pouvait-il que... *Édouard va en faire une jaunisse !*

— Un mage aurait plié les puissances invisibles à sa volonté pour que Sophia trouve un mari à son goût, c'est-à-dire un homme qui la laisserait poursuivre des études de philosophie, et au goût de sa mère, c'est-à-dire un noble désargenté.

Victoria se redressa de surprise, cachant sa bouche derrière sa main baguée.

— Une messe noire… souffla-t-elle.

Elle se rapprocha de ses interlocuteurs pour leur parler en confidence. D'instinct, Édouard et Elsie se baissèrent pour écouter.

— Quelle terrible erreur ! Je comprends mieux comment cette écervelée s'est retrouvée dans une telle situation !

Si Édouard pensait avoir atteint le comble de la stupéfaction en écoutant Elsie, les paroles de Victoria lui démontrèrent le contraire.

— Comm… s'étrangla-t-il.

Victoria lui intima le silence d'un geste impérieux. Pour une fois qu'elle était celle qui savait, elle n'allait pas bouder son plaisir !

— Tout d'abord, les puissances invisibles ne se plient pas aux volontés humaines. Elles répondent ou pas à nos demandes, si elles sont formulées avec humilité. Le problème est que certains charlatans prétendent avoir une influence sur des puissances qui les dépassent et, la plupart du temps, ceux qui répondent à leurs injonctions sont les puissances maléfiques. Par conséquent, l'aide n'est pas gratuite. Tout a un prix avec eux. Je suis au regret de vous dire que votre amie va devoir boire le calice jusqu'à la lie.

Le cerveau d'Elsie avait cessé de fonctionner à « volontés humaines ». Victoria parlait avec calme et maîtrise d'un sujet pour le moins stupéfiant, sans se départir de son flegme tout victorien.

— Je suis confuse, ma chère Victoria, mais je ne comprends pas.

Victoria l'observa un instant. Si sa belle-sœur avait ne serait-ce que la moitié de l'esprit cartésien de son époux, il n'allait pas être facile de lui expliquer les difficultés auxquelles elle allait être confrontée dans cette histoire.

— Si vous avez affaire à un crime lié au milieu ésotérique de Londres, il serait bon que vous ayez un guide bienveillant et sage pour vous aider. Le Londres occulte grouille de charlatans et de mages plus ou moins compétents. Le problème est que les forces en présence peuvent parfois être d'une extrême puissance et, sans quelqu'un pour vous éviter les pires écueils, vous ne parviendrez jamais à dénouer le vrai du faux dans cette histoire !

Édouard observait sa femme en silence, n'étant pas certain de comprendre ce qu'il se passait. Elsie, quant à elle, tentait de saisir ce que venait de dire sa belle-sœur.

— Pourriez-vous être ce guide ? s'enquit-elle.

Victoria éclata d'un rire suraigu.

— Non, Elsie, je suis une simple adepte. Une curieuse parmi tant d'autres. Non, je pensais à une dame d'un tout autre talent et d'une connaissance approfondie dans les arts spirites.

Elsie acquiesçait d'un geste mécanique sans parvenir à assimiler l'ensemble de la conversation. Toutefois, elle convint avec Victoria que si son cerveau devait se bloquer ainsi à chaque fois qu'un élément ésotérique allait être évoqué, elle aurait besoin d'un peu d'aide... Autant la recevoir d'une personne sérieuse et compétente... même dans les arts spirites.

— Je pense que vous avez raison, Victoria. Ni Stuart, ni moi-même ne sommes versés dans ces... sphères... et si notre enquête nous amène sur ces étranges chemins, il nous faudra un mentor.

— Ces chemins n'ont rien d'étranges, ils sont très logiques au final, mais Isadora vous expliquera mieux que moi.

Elsie remercia avec chaleur Victoria pour cette intervention aussi inattendue que saugrenue. Quant à Édouard, il resta silencieux de peur que ses paroles ne dépassassent ses pensées. Tout de même, il était un peu fort que sa douce et aimable Victoria, une femme modèle en tout point, un pur exemple de l'épouse victorienne, lui cachât des pans entiers de sa vie. Il allait devoir lui parler pour faire cesser ces fariboles !

◆ ◆ ◆

Dimanche 7 juin 1891

La nuit avait paru longue à Elsie. Elle avait tourné et retourné dans sa tête les renseignements qu'elle avait recueillis la veille, sans pouvoir les analyser à sa convenance. Elle manquait trop d'informations sur le milieu ésotérique pour pouvoir tirer des conclusions de quoi que ce fût. Victoria avait raison. Elle avait besoin de quelqu'un de confiance pour l'aider à faire le jour dans cette affaire. Si la solution se trouvait du côté des « forces invisibles », elle irait la chercher où il se devait. *La profession de détective nous mène parfois dans des contrées inattendues...*

Elsie se leva tôt et se précipita vers l'agence à la première heure décente. Elle ne voulait pas importuner Stuart trop tôt le matin, sachant qu'il aimait prendre son temps avant de démarrer une journée le plus souvent longue. Au cours des deux derniers mois, elle avait appris que son cousin travaillait tard la nuit... Parfois toute la nuit. Il lui était même arrivé de le trouver encore éveillé depuis la veille, alors qu'elle revenait à l'agence après une bonne nuit de sommeil.

Quand elle entra dans l'agence, quelque chose dans l'atmosphère lui apprit que Stuart était debout... depuis quelque temps déjà.

— Stuart ? Êtes-vous disponible ?

Le son caractéristique que faisait son cousin dans l'escalier se fit entendre. Il descendait avec précaution les marches hautes et étroites qui menaient à son appartement à l'étage.

— Bonjour Elsie, dit-il avec un large sourire lorsqu'il apparut au bas de l'escalier.

— Bonjour Stuart, comment allez-vous ? s'enquit-elle avec un intérêt sincère.

Stuart éluda la question qu'il ne comprenait que trop. Il passa devant sa cousine en marchant le plus droit possible, mais le résultat ne convainquit pas son associée. Elsie le suivit pourtant dans son bureau sans renouveler sa demande. Elle savait qu'il ne répondrait pas. Elle s'installa dans l'un des fauteuils destinés aux visiteurs, pendant que Stuart prenait place dans son fauteuil club.

— Qu'avez-vous appris d'intéressant, ma chère cousine ? commença-t-il.

— Je préférerais que vous commenciez, parce que ce que j'ai appris est un peu singulier.

Stuart observa un instant Elsie, puis se fit un devoir de lui raconter par le menu ses entretiens avec le père O'Brien, Hugh Hobbes et Percival Montgomery. La jeune détective fut très intéressée par les éléments réunis par son cousin. Cependant, elle releva avec quelque contrariété qu'il était parti seul se promener, de nuit, dans le quartier que Jack l'Éventreur hantait si peu de temps auparavant. Son cousin n'était vraiment pas fiable lorsqu'il devait veiller sur lui-même !

— À mon tour, Elsie, qu'avez-vous appris de si stupéfiant ? l'interrogea-t-il.

— Êtes-vous féru d'ésotérisme, cousin ?

— Je vous demande pardon ? dit Stuart en se redressant dans son fauteuil.

Il ne s'attendait certes pas à cette question. Elsie lui rapporta la raison pour laquelle Sophia avait accepté de faire la saison et les connaissances inattendues de Victoria en matière de sciences occultes. Stuart l'écouta, comme toujours, avec attention et en silence, ne se permettant pas d'interrompre le récit de son associée d'une quelconque façon. Elsie appréciait la liberté de parole qu'il lui offrait. Lorsqu'elle eut fini, il s'accorda quelques minutes de réflexion.

— Un mage... répéta Stuart.

Il ne parlait plus à Elsie, mais replongeait dans des souvenirs lointains. Il contemplait de nouveau les démonstrations de force des fakirs. Il se souvenait encore des astrologues et de leur influence sur les populations, capables en un horoscope de faire ou de défaire une union matrimoniale. La magie quelle qu'elle fût avait une influence certaine sur le destin des civilisations. Même les puissances occidentales qui fondaient leur force actuelle sur les innovations scientifiques n'échappaient pas à son emprise.

— Je crois que votre piste est très prometteuse, Elsie. En fait, je pense que nous avons enfin une piste sérieuse à suivre.

Elsie en fut sidérée.

— Le mage ? répéta-t-elle, comme pour se convaincre de cette idée absurde.

— Précisément. En revanche, je rejoindrais l'opinion de Victoria et j'espère qu'elle pourra nous présenter une personne de confiance, capable de nous guider dans ces terres inconnues. Que vous a-t-elle dit de la dame qu'elle connaît ?

Elsie se concentra pour se remémorer sa conversation avec sa belle-sœur.

— Si mes souvenirs sont bons, elle m'a juste dit que la dame en question se prénommait Isadora, qu'elle était d'un grand talent et compétente dans les arts spirites.

— Le spiritisme est de loin la science ésotérique la plus fréquentable. Néanmoins, j'ai bien peur que le mage qui va nous occuper soit versé dans un tout autre pan des sciences occultes.

Elsie observa son cousin en coin.

— Je croyais que vous ne connaissiez rien en ésotérisme, grogna-t-elle comme si Stuart lui avait outrageusement menti.

Stuart ne se formalisa guère du ton pincé avec lequel Elsie venait de parler. Il connaissait assez sa cousine pour ne pas y prêter plus d'attention que nécessaire.

— En vérité, je ne sais que l'essentiel. Ce que nous appelons « ésotérisme » regroupe en réalité trois courants spirituels différents : le spiritisme, la société théosophique, et l'occultisme. En revanche, ne me demandez pas à quoi correspondent ces trois systèmes de pensée, je n'en ai pas la moindre idée.

Elsie n'eut guère le temps d'être impressionnée par les connaissances toutes théoriques de Stuart, que quelqu'un toquait à la porte. La jeune femme se leva d'un bond et se précipita afin d'ouvrir à leurs visiteurs.

Elsie s'attendait à trouver un nouveau client, un gamin chargé d'un paquet ou d'une lettre, un vendeur ambulant ou quelque autre individu louche mais, certes pas, Victoria sanglée dans une élégante tenue de ville. Derrière elle, une très belle femme se tenait aussi droite qu'elle le pouvait, son visage de madone mis en valeur par une voilette élégante. Elsie céda le passage aux deux femmes et se surprit à envier le port de tête de la visiteuse inconnue.

Au son de la voix de Victoria, Stuart s'était levé et accueillit les deux femmes avec toute la courtoisie qu'il se devait. Victoria se chargea des présentations usuelles et l'intérêt des deux détectives fut piqué au vif, lorsque leur cousine leur annonça que la beauté inconnue n'était autre que la guide dont Victoria avait parlé à Elsie : Madame Isadora Lewis. Stuart les invita à s'asseoir dans les fauteuils en face de lui, Elsie s'installant dans le fauteuil club, sur le côté.

— Que nous vaut le plaisir de votre visite ?

— La conversation que nous avons eue hier soir avec Elsie m'a convaincue de prendre contact dès la première heure avec Isadora. Dès qu'elle a su de quoi il retournait, elle m'a demandé de la mener vers vous dans les plus brefs délais.

Stuart et Elsie reportèrent toute leur attention sur Isadora qui avait relevé sa voilette. Elsie avait imaginé les spirites comme de curieux personnages, peu recommandables, affublés de transes irrépressibles et d'autres étrangetés. Elle était fort étonnée par l'apparente respectabilité et l'air d'honnêteté d'Isadora. Posée, élégante, la dame était en outre dotée de grands yeux noirs brillant d'un éclat d'intelligence et de bonté. Pour ne rien gâcher, sa bouche pleine et rose offrait un beau contraste avec sa chevelure d'ébène. *Une pure beauté raphaélique...*

— En revanche, reprit Victoria, j'ai fait ma part du travail et je vais vous laisser vous entretenir avec Isadora. Édouard et les enfants m'attendent pour se rendre à la messe.

Elsie considéra avec étonnement sa belle-sœur. D'après ce qu'elle savait de Victoria, cette dernière n'aurait jamais raté le moindre cancan, *a fortiori* l'opportunité d'avoir des renseignements sur un meurtre... Pourtant, Stuart ne fit rien pour la retenir et la raccompagna vers la sortie. Ils échangèrent quelques mots indistincts à l'entrée, puis Elsie entendit la porte se refermer. Lorsqu'elle reporta son attention sur Isadora, elle s'aperçut que celle-ci l'observait avec intérêt. Quoiqu'elle ne trouvât que de la bienveillance et de la curiosité dans le regard de la spirite, la jeune enquêtrice se sentit un peu mal à l'aise. Stuart les rejoignit quelques secondes plus tard et regagna sa place.

— Puisque nous sommes réunis, je souhaiterais vous poser quelques questions, Madame. Tout d'abord, je voudrais savoir quelles sont vos intentions dans cette affaire ? commença Stuart.

— Mes intentions ? demanda Isadora d'une voix un peu rauque.

— Pourquoi cette visite devait-elle se faire si vite ? expliqua le détective.

— Parce que vous avez besoin d'un guide. Pour les profanes, rien ne ressemble plus à un médium qu'un autre médium. Dans l'imaginaire le plus commun, nous sommes tous des escrocs interchangeables. Malgré tout, je puis vous assurer que certains d'entre nous ont des dons et d'autres en sont dépourvus.

— Cela ne répond pas à ma question.

Elsie se fit la réflexion qu'elle avait rarement vu Stuart aussi tranchant avec une dame. Pourtant, Isadora ne perdit rien de son flegme et lui opposa un sourire calme et aimable.

— Je suis venue pour vous aider.

— Qui vous dit que nous avons besoin d'aide ?

Le sourire d'Isadora s'élargit davantage.

— Vous seriez surpris, Monsieur, mais je pense qu'avant de vous dire qui m'a demandé de vous aider, il serait bon d'aborder d'autres sujets.

Stuart parut étonné, mais invita Isadora à poursuivre.

— Je connais le mage dont a parlé cette malheureuse jeune fille et je puis vous dire qu'il n'a pas plus de pouvoirs que le commun des mortels.

Chapitre 5

E lsie et Stuart échangèrent un regard un peu perplexe. Pour ce qu'ils en savaient, personne n'avait aucun pouvoir. En revanche, Stuart était persuadé qu'un mélange de persuasion, de domination et de manipulation permettait à nombre d'escrocs de prospérer dans les sphères occultes.

— Je n'aurais peut-être pas dû commencer par cette information, poursuivit Isadora. D'après Victoria, vous êtes tous deux sceptiques et novices dans les arts ésotériques. Savez-vous au moins ce qu'est un médium ?

Elsie se renfrogna, ne voyant pas comment répondre de façon courtoise à une telle question. Plus habitué aux roueries du langage, Stuart prit l'initiative de répondre pour deux.

— Un médium est une personne dotée de dons.

— Exact, mais de quelle sorte de dons parlons-nous ?

Stuart leva un sourcil, puis les deux... Elsie fit une grimace. Isadora éclata de rire, ce qui les surprit tous deux.

— Ne vous inquiétez pas, je suis habituée au scepticisme de mes contemporains. Tout d'abord, vous devez savoir que les véritables médiums existent. Ce que j'appelle un véritable médium est quelqu'un ayant une sensibilité particulière aux forces invisibles régissant notre monde. Tout autour de nous, des forces lumineuses et obscures s'affrontent. La plupart des humains ne perçoivent pas ces puissances invisibles, ce qui ne signifie pas qu'elles n'ont pas d'impacts sur leurs vies. Être médium signifie « être entre » les deux mondes, le visible et l'invisible. En revanche, la médiumnité est multiple. Il existe autant de sortes de médiums que d'individus dotés de ces dons. Pour ma part, j'ai le don de clairaudience et celui de clairvoyance.

Stuart et Elsie ne savaient pas comment interpréter cet aveu. À leurs mines perdues, Isadora sourit.

— Je vous demande pardon ? s'inquiéta Stuart.

— La clairaudience est un don permettant d'entendre ce que les autres n'entendent pas.

— Vous entendez des voix, conclut Elsie.

— Oui mais pas des sons. Des paroles s'imposent dans mon esprit et elles ne proviennent pas de moi. Elles viennent d'énergies invisibles qui communiquent avec moi via mon esprit. Pour être plus claire, j'entends des entités bienveillantes ou malveillantes.

— Et que vous disent ces... voix ? demanda Elsie avec scepticisme.

— Cela dépend. Si j'ai affaire à une puissance lumineuse, elle me donnera des conseils, elle m'aidera à résoudre un problème, elle me guidera vers la voie du bien. En revanche, si j'ai affaire à une puissance infernale, elle me menacera, elle tentera de m'induire en erreur, elle exacerbera ma colère, mes frustrations et tout ce qu'une personne peut avoir de négatif.

— Et qu'est-ce que la clairvoyance ? interrogea Stuart.

— La clairvoyance est la faculté de voir certains éléments du monde invisible se superposer au monde visible. Ainsi, il m'arrive de croiser des défunts, d'apercevoir la lumière d'un ange ou les ténèbres d'un démon. Le principal intérêt d'être clairvoyante réside dans ma capacité à voir les autres humains tels qu'ils sont. Si quelqu'un est mauvais, c'est-à-dire inspiré par le mal, la clairvoyance peut me permettre d'apercevoir les ténèbres derrière lui, comme ce fut le cas pour le mage dont nous parlions.

— Vous disiez qu'il n'était pas doté de pouvoirs, rappela Elsie.

— Je vous le confirme, ce qui ne signifie pas qu'il ne travaille pas avec les ténèbres. Nombre de ceux qui invoquent le démon n'ont aucun pouvoir extrasensoriel. Toutefois, comme les entités maléfiques acceptent de travailler avec tous ceux qui les invoquent, la non-médiumnité n'est pas un frein à la pratique de la magie noire. La clairvoyance me permet de savoir qui pratique la magie noire.

— Notre mage, par exemple ? s'enquit Stuart.

Isadora réprima un frisson.

— Cet homme est un épouvantable bandit doublé d'un escroc. Il se fait passer pour un mage puissant auprès des esprits crédules, ne leur apporte que des informations tronquées ou malveillantes et pratique sans aucun doute possible la nécromancie.

Avant que l'un ou l'autre ait pu lui poser la question, Isadora poursuivit.

— La nécromancie est l'un des arts occultes les plus dangereux. Il permet au cours de cérémonies, impliquant souvent l'usage du sang et d'autres fluides permettant prétendument de se concilier les forces obscures, de s'attacher les services d'une âme errante, de solliciter l'intercession d'âmes noires, voire de démons, dans des affaires humaines ou, dans le pire des cas, de pactiser avec le diable. Les nécromanciens sont souvent si orgueilleux, si persuadés de leur toute-puissance, qu'ils sont incapables de comprendre que les forces obscures viendront tôt ou tard chercher leur dû.

— Je ne comprends pas, dit Elsie.

— C'est normal, votre âme est lumineuse et forte. Ce dont je vous parle est tellement éloigné de vous, qu'il vous est difficile de comprendre que d'autres humains sont si avides de pouvoir, de puissance, sont si pétris de haine, de violence que, peu importe le prix demandé par les forces obscures, ils veulent atteindre un certain degré de

67

domination sur les autres hommes. Cependant, ces pratiques ne sont pas sans conséquence : non seulement les nécromanciens et ceux qui paient leurs services sont damnés mais, encore, leurs pratiques contre-nature diffusent les forces obscures dans ce monde. Ils nuisent à tous ceux qui les entourent et à la société tout entière.

Un silence s'imposa, chacun prenant le temps de réfléchir à l'étrange conversation.

— Pensez-vous que Sophia soit en train de payer le prix de la messe noire commandée par sa mère ? demanda Stuart.

— Oui, en quelque sorte. Les forces de la lumière ne se plient pas à la volonté des hommes. Lorsque vous voulez communiquer avec elles, vous devez le faire avec humilité, avec bienveillance et en ayant toujours conscience que vous pouvez ne pas recevoir de réponse. Lorsque les humains invoquent, et non pas demandent, ils prennent une place qui n'est pas la leur dans l'univers. Un homme qui prétend commander aux forces invisibles est toujours confronté aux ténèbres. Les humains ne commandent pas aux forces invisibles. Ils ne sont pas non plus leurs serviteurs, comme le souhaiteraient les forces obscures. Nous cohabitons dans deux mondes qui se chevauchent. Cette malheureuse jeune fille a été jouée par un homme d'une grande noirceur qui a invoqué des forces malveillantes pour plier le destin à ses rêves de mariage.

— Ce ne sont pas « ses » rêves de mariage, intervint Elsie. La mère de Sophia a payé le mage pour que sa fille puisse trouver un mari à leurs goûts à toutes deux. Sophia ne voulait pas se marier, elle voulait faire des études de philosophie.

Isadora se tut un instant. Elle observa ses deux interlocuteurs et comprit qu'Elsie disait la vérité… du moins ce qu'elle estimait être la vérité.

— Et votre amie est soupçonnée d'avoir tué sa mère ? demanda Isadora.

— Oui.

Isadora posa ses coudes sur ses genoux et prit son visage entre ses deux mains.

— C'est étrange, trancha Isadora en se redressant. Sa mère aurait payé le mage pour qu'il plie le destin aux volontés des deux femmes, mais la fille tue la mère avant tout mariage. Est-ce cela ?

— Oui, confirma Stuart.

— C'est impossible. Les puissances obscures remplissent d'abord leur part du contrat et, ensuite, elles réclament leur dû. Ainsi, plus de salut possible, le pacte est signé.

— Si je comprends votre logique, reprit Elsie, l'emprisonnement de Sophia et la mort de sa mère ne sont pas liés à la messe noire.

— Les conséquences néfastes ne sont pas liées au pacte passé ce soir-là. En revanche, mes guides sont formels : le mage est impliqué d'une façon ou d'une autre dans ces malheurs.

Ses guides ? Ses guides sont formels ? Quelle belle preuve à présenter au magistrat instructeur ! Elsie se mordit pour ne pas être cinglante. Après tout, cette femme ne demandait rien en contrepartie de son aide… mais ne demandait-elle rien en vérité ?

— Qu'attendez-vous en contrepartie de votre aide ? demanda Elsie à brûle-pourpoint.

Isadora sembla choquée par la question.

— Rien ! Vous ne m'avez pas comprise. Je suis avec vous. J'ai choisi la lumière.

— Vous avez choisi ? répéta Elsie.

— Oui… Comme chaque humain, les médiums doivent choisir entre la lumière et l'ombre. Pour ma part, je suis dans la lumière, ce qui implique des devoirs. La contrepartie du don est d'obéir aux demandes des guides.

— En quoi consiste votre rôle de médium ? interrogea Stuart.

— J'aide les gens à se trouver, à être en paix, à s'épanouir, parfois avec l'aide de mes guides, parfois en transmettant les messages de défunts. Je suis un canal entre le monde visible et invisible.

Stuart acquiesça d'un signe de tête. Il allait devoir réfléchir à cette conversation... peut-être avec l'aide du père O'Brien...

— Pouvez-vous nous mettre en relation avec ce mage ? finit-il par articuler.

Isadora eut un haut-le-cœur. *La présence de ce mage l'indispose-t-elle à ce point ?* Stuart l'observa d'un œil neuf. Elle était en proie à un dilemme. Elle se tordait les mains et regardait vers le haut, comme si elle écoutait quelqu'un avec attention. *Elle a peur mais elle doit obéir.* Isadora se ressaisit, consciente qu'elle avait laissé paraître plus qu'elle n'aurait dû. Le don nécessitait obéissance et discrétion.

— Je sais qu'il participe à une soirée où j'ai aussi été invitée, parvint-elle à articuler. J'avais refusé de m'y rendre, mais je connais bien l'hôtesse et je peux nous faire inviter tous les trois.

— Comment êtes-vous sûre que votre mage est le mage de Sophia ? demanda Elsie.

Isadora sourit, elle avait oublié l'essentiel.

— Je connais votre amie de vue. Elle participait avec sa mère à de nombreuses démonstrations spirites avant de rejoindre des cercles plus obscurs. J'ai vu ce ténébreux les envoûter, j'ai essayé de les prévenir mais elles ne m'ont pas écoutée.

Isadora parut un instant abattue. Son échec à prévenir les deux femmes du danger que pouvait représenter ce mage la tourmentait.

— Et quel est le nom de notre adversaire ? s'enquit Stuart.

— Philip Blackstone. Vous verrez, il est aussi laid à l'extérieur qu'à l'intérieur, dit-elle avec un faible sourire.

L'évocation du nom du mage semblait avoir vidé Isadora de toute énergie. Stuart et Elsie lui posèrent encore quelques questions, puis ils se séparèrent, prenant rendez-vous pour le soir même. Ils convinrent qu'Isadora passerait les chercher tous deux à l'agence à six heures et demie, puis ils partiraient ensemble pour la réunion spirite.

◆ ◆ ◆

La médium partie, Elsie et Stuart ne surent pas quoi penser de cette étrange conversation et décidèrent qu'ils se feraient une opinion au fur et à mesure de leur enquête. Quelqu'un frappa de nouveau à la porte. Elsie se leva aussitôt.

— C'est la première fois que nous recevons autant de visites, constata-t-elle.

Avant que Stuart ait pu lui répondre, elle avait atteint le hall d'entrée et ouvrait la porte. Ses yeux ne trouvèrent aucun vis-à-vis et un mouvement lui fit baisser le regard. Un gamin des rues, plus propre qu'à l'accoutumée, posait sur elle son regard vif.

— Miss Worthington ? articula-t-il si vite qu'Elsie eut du mal à comprendre.

Elle se contenta d'un signe de tête affirmatif et l'enfant lui tendit un pli.

— C'est urgent, Miss !

Elsie sonda le fond de ses poches et en retira deux grosses pièces qu'elle tendit au messager. Les pièces disparurent à une vitesse peu commune et l'enfant se fondit dans la foule si vite qu'Elsie n'eut pas même le temps de lui demander qui lui avait confié cette lettre. Elle referma la porte et décacheta le pli pour voir apparaître le nom de « Percival Montgomery ». Ses yeux remontèrent sur les trois lignes du message et l'enquêtrice sentit son cœur s'emballer.

— Stuart !!!

Elle déboula dans le bureau et, le billet tendu devant elle, répéta le message de mémoire :

— Nouveau meurtre ! Venez maintenant au 51 *Berkeley Square* ! Percival Montgomery.

Stuart attrapa sa canne, puis son chapeau melon et se dirigea vers la sortie, pendant qu'Elsie enfilait son manteau court, tout en essayant dans le même temps de fixer son chapeau au moyen d'une épingle. Ils franchirent le seuil quelques secondes plus tard et l'agence recouvra un semblant de paix, quand la clé tourna dans la serrure.

◆ ◆ ◆

Q uand le *hansom*, un fiacre léger suspendu entre deux grandes roues, arriva à destination, Stuart et Elsie constatèrent que l'information de Percival était véridique. Le square était bouclé par les bobbies, qui tentaient tant bien que mal de repousser les curieux et quelques journalistes. Stuart grimaça. Si la presse commençait à s'intéresser à ces meurtres, la situation n'allait pas tarder à se tendre pour l'inspecteur Montgomery. Elsie et lui jouèrent des coudes pour se frayer un passage parmi la petite foule et parvinrent près du numéro 51 au moment même où Percival sortait de l'immeuble, en compagnie d'une jeune fille menottée, dont les lourdes boucles blondes s'étalaient sur son dos sans aucun maintien. Elle avait l'air au désespoir, ses joues pleines des sillons tracés par ses larmes à travers une poudre blanche dont son visage était maculé. Stuart repoussa le bobby le plus proche et cria pour se faire entendre :

— Avez-vous consulté un mage, Madame ?

La jeune fille, l'air plus perdu que jamais, chercha du regard l'inconnu qui l'avait ainsi interpellée. Stuart lui fit un signe de la main et la jeune fille lui répondit d'un faible hochement de la tête. Percival, à qui rien de la scène n'avait échappé, confia la jeune fille au bobby le plus proche, qui l'accompagna vers la voiture de police. Il s'approcha de Stuart et lui fit franchir le cordon de sécurité.

— Qu'est-ce que cette histoire de mage ?

— C'est un peu long à vous raconter. Sophia Edwards a accepté de faire la saison après qu'un mage lui a assuré qu'elle trouverait le mari idéal grâce à une messe noire.

— Une messe noire ? répéta Percival.

Il semblait tout aussi décontenancé qu'Elsie et Stuart lorsqu'ils avaient appris la nouvelle.

— Faites analyser la poudre blanche qui se trouve sur les joues de la jeune fille, je ne serais pas étonné qu'il s'agisse d'une puissante drogue, poursuivit Stuart.

Percival le fixa du regard avec un soupçon d'espoir.

— Vous aussi, vous avez remarqué ?

— Oui. Qui cette malheureuse est-elle supposée avoir assassiné ? poursuivit Stuart.

— Son frère, l'unique héritier de la famille. Les parents sont effondrés. Je leur ai conseillé de faire venir un médecin, le père est au bord de l'apoplexie.

— Qui hérite ?

— Pardon ?

— Qui devient le nouvel héritier ? répéta Stuart.

Percival observa Stuart un instant. L'homme avait l'esprit vif et clair. Peu lui importaient les cris et les bousculades autour d'eux, il poursuivait son raisonnement. *Il a connu le feu et n'en est pas sorti indemne... alors une bousculade dans les beaux quartiers de Londres...*

— Le neveu... Un homme peu apprécié de sa famille.

Stuart fit une moue. Une trame criminelle se faisait peu à peu jour dans son esprit et il n'aimait pas ce qu'il entrevoyait.

— Je vais interroger les autres, décida Percival. Il faut que je sache si votre mage est enfin notre point commun.

Stuart acquiesça en silence.

— Nous allons rencontrer cet individu ce soir.

— Nous ?

— Oui, Elsie et... Mais où est-elle passée ?

Stuart fouilla du regard la foule derrière la ligne des bobbies sans retrouver son associée.

◆ ◆ ◆

Quand Elsie s'était aperçue que seul Stuart parviendrait à passer la ligne de sécurité, elle opta pour une autre stratégie. Il devait y avoir dans cette foule quelqu'un qui pourrait la renseigner. Elle se mit à observer avec acuité les personnes autour d'elle. Les plus excités semblaient être les journalistes qui voulaient à toute force connaître l'identité de la victime et de la meurtrière. Ils braillaient, gesticulaient et se montraient fort peu compatissants envers la pauvre créature entraînée vers la voiture de police. Les badauds, quant à eux, étaient moins bruyants mais tout aussi avides d'informations. Dans cette foule surexcitée, Elsie trouva enfin ce qu'elle cherchait. Une jeune bonne, un lourd panier d'osier pesant au bout de ses bras, observait en silence et avec accablement l'arrestation.

Elsie usa de ses coudes et de sa masse pour traverser la foule. Elle finit, après force bousculades, par rejoindre la petite bonne. La jeune fille était si préoccupée par ce qu'elle entrapercevait qu'elle ne remarqua même pas l'arrivée de la détective.

— Êtes-vous au service de cette famille ? commença sans détour Elsie.

La jeune fille sursauta et fixa son attention sur son interlocutrice. Elle sembla soulagée de trouver une femme et non pas un bobby ou, pire, un inspecteur.

— Comment le savez-vous ?

— Ce n'est guère difficile à déduire. Vous êtes la seule qui semble un tant soit peu préoccupée par le sort de cette malheureuse. Les autres ne sont qu'une bande de braillards avides de ragots à diffuser.

— Vous avez bien raison. Je ne comprends pas ce qui s'est passé… Miss Alice est une jeune personne si délicate, si douce… C'est impossible ! Pourquoi l'arrêtent-ils ?

— Je ne sais pas, mais je présume que cela n'annonce rien de bon.

Elsie reporta son attention sur le chapeau melon de Stuart qu'elle entrevoyait à travers la foule et se demanda ce que son associé avait pu apprendre.

◆ ◆ ◆

E lsie patientait dans la salle d'interrogatoire. Grâce à Percival et au nouveau meurtre perpétré au 51 *Berkeley Square*, elle avait obtenu l'autorisation exceptionnelle de s'entretenir avec Sophia Edwards pour éclaircir le rôle possible du mage Philip Blackstone dans cette histoire. Quoique le supérieur direct de l'inspecteur Montgomery ne soit guère enthousiasmé par cette nouvelle piste, le colonel Sir Edward Bradford, *commissioner* du CID, ne souhaitait pas voir une nouvelle « épidémie » d'homicides se répandre dans Londres, si peu de temps après Jack l'Éventreur. Aussi Elsie fut-elle invitée à poursuivre ses investigations auprès de Sophia Edwards, puisque cette dernière ne voulait se confier qu'à la jeune détective. La porte s'ouvrit, cédant le passage à la prisonnière. Ses yeux et ses joues étaient moins rouges que la veille, mais la jeune femme avait une mine atroce.

— Bonjour Sophia.

— Bonjour Elsie, répondit-elle sur un ton mécanique. Que puis-je faire pour vous ?

Elsie sentit la réserve dans la voix de son amie. *Vous ? Moi et Stuart ou moi et la police ?* Selon toute vraisemblance, Sophia regrettait de s'être confiée à Elsie sur le rôle du mage dans cette histoire.

— Il y a eu un autre meurtre, similaire à celui dont tu es accusée.

Sophia se tassa sur elle-même et sentit le monde chavirer autour d'elle. Personne n'avait songé à la tenir informée de cet événement.

— Qui ? bafouilla-t-elle.

— Miss Alice Ferrers est accusée d'avoir assassiné son frère.

Sophia eut un haut-le-cœur et cacha sa bouche derrière ses mains.

— Raynald Ferrers est mort ?

Elsie observa Sophia avec attention. *Elle connaissait donc le frère et la sœur...*

— Oui et sa sœur a été retrouvée dans le même état que toi : amnésique, hébétée et le visage recouvert d'une espèce de poudre blanche, en cours d'analyse.

Sophia parut perplexe un instant. Elle se souvenait de la poussière blanche qu'elle avait frottée sur sa robe.

— Moi aussi, j'étais couverte d'une matière blanche. Sur l'instant, je me suis demandé où j'avais pu me salir ainsi.

— La police a-t-elle fait des prélèvements sur ta robe ?

— Non, la seule chose qui les intéressait, c'était les traces de sang.

La lèvre de Sophia se mit à trembler.

— Connaissais-tu Alice ou Raynald Ferrers ? demanda Elsie pour confirmer son intuition.

— Oui, je les avais rencontrés à plusieurs reprises.

— Où ?

— Dans des réunions…

Sophia était trop évasive pour être honnête.

— Lors de messes noires ? insista Elsie.

— Non ! Contrairement à ce que tu imagines, je n'étais pas tout le temps dans des messes noires.

— Alors explique-moi ! Je veux savoir où tu les as rencontrés, avec qui et dans quelles circonstances ?

— Je n'ai pas à te répondre ! s'indigna Sophia.

Elsie se rejeta en arrière dans sa chaise et croisa les bras sur sa large poitrine.

— Ah bon ? Et puis-je savoir comment je suis supposée faire pour sauver ta tête ? L'opinion de la police commence à s'infléchir un peu en ta faveur, compte tenu de la multiplication des meurtres dans le même esprit que celui dont tu es accusée. Pourtant, n'imagine pas que tu es sauve. C'est loin d'être le cas. Nous n'avons toujours pas le commencement d'une piste sérieuse dans cette affaire. Si tu veux vivre au-delà de ta vingt-cinquième année, je te conseille de ne pas me mentir parce que tu as honte ou que tu imagines que je vais te juger. Ce n'est pas le cas. Pour ma part, je pense qu'un meurtrier très bien organisé est en train de sévir dans Londres et je souhaite vivement contribuer à l'arrêter. Ce faisant, je sauverai ta tête ! Aussi suis-je amenée à renouveler ma question : où as-tu rencontré ces gens ?

— Lors de séances spirites… Nous appartenions au même cercle…

— Lequel ?

— La lumière spirituelle.

Elsie prit le temps de réfléchir à cette information. Comment un groupe adepte d'un spiritisme empreint de lumière avait-il pu faire entrer dans ses rangs un nécromancien ?

— Quel est le lien entre « la lumière spirituelle » et ce nécromancien de Philip Blackstone ?

— Ne prononce pas son nom ! hurla presque Sophia.

— Pardon ?

— Quand tu prononces son nom, il sait que tu es en train de parler de lui !

Sophia paraissait affolée. Elle scrutait les recoins de la salle d'interrogatoire, comme si le mage allait surgir d'une ombre.

— Balivernes ! Il n'a pas plus de pouvoirs que moi !

— Ne dis pas cela ! Tu ne sais pas de qui tu parles !

— Eh bien, je vais le savoir rapidement, puisque ce soir je vais faire sa connaissance !

— Tu vas… Mais Elsie, c'est dangereux !

— Dangereux ? Si c'est si dangereux, pourquoi avoir participé à ces soirées ? Pourquoi avoir accepté cette messe noire ?

— Je… Mais… Mère était comme envoûtée. Il n'y avait plus que ce mage qui comptait. D'après elle, il savait tout, il pouvait tout. Je n'y croyais pas jusqu'à ce que je le voie invoquer un démon.

— Un démon ? Et tu l'as vu ce démon ?

— Oui… bredouilla-t-elle.

Elsie leva les sourcils si hauts que son front se ratatina en de multiples rides.

— Ce sera peut-être une expérience intéressante dans ce cas, conclut-elle.

— Tu ne seras pas si fière quand tu verras l'un de ces monstres surgir du néant !

— Qu'ils surgissent ou qu'ils ne surgissent pas, ce n'est pas ce genre de démon que je chasse. Pour ma part, les humains me suffisent.

Sophia regardait Elsie comme si elle la découvrait. Comment lui faire comprendre ? Comment…

Elsie décida de faire prendre un tour moins ésotérique à son interrogatoire, mais fut déçue par les réponses peu précises de Sophia. Non, à sa connaissance, sa mère n'avait pas fait de testament. Non, elle n'avait pas d'ennemis. Oui, elle s'entendait avec son père ainsi qu'avec les domestiques. Sophia ne disposait d'aucun renseignement d'importance. La seule et unique piste demeurait celle du mage noir. Puisqu'il en était ainsi, Elsie était bien décidée à faire la lumière sur ce nécromancien.

Chapitre 6

A près avoir retrouvé Elsie et lui avoir fait part de la demande de l'inspecteur Montgomery quant à un nouvel entretien avec Sophia Edwards, Stuart était resté quelque temps près du 51 *Berkeley Square* pour observer les badauds et les journalistes qui s'attardaient sur les lieux du crime. Nombre d'entre eux s'étaient découragés, mais il restait quelques acharnés sur place. Le détective avait repoussé les demandes de plusieurs curieux, seulement avides d'en apprendre davantage sur un meurtre sanguinolent, et tentait d'identifier parmi les plus patients un journaliste qui pourrait le renseigner. Quand il entendit le nom du *Pall Mall Gazette*, il se retourna d'un bloc. Certes, le journal n'était plus dirigé par le légendaire William Thomas Stead[3] depuis l'année précédente, mais ce quotidien du soir d'inspiration libérale conservait une exigence littéraire et journalistique que peu de ses adversaires pouvaient se targuer d'atteindre. Stuart

---

[3] William Thomas Stead (1849-1912) était un journaliste militant défendant des idées politiques et sociales proches de celles du parti libéral. Il fit du *Pall Mall Gazette* un quotidien de référence dont il se servit pour mener de grandes campagnes d'opinion politiques et sociales, comme la plus connue *The maiden tribute of modern Babylon*, connue en France sous le nom de *Pucelles à vendre*. Grâce à une série d'articles, qui lui valut la prison, il dénonça la vente de la virginité des fillettes et jeunes filles pauvres à Londres et obtint le relèvement de l'âge du consentement sexuel en Grande-Bretagne. S'étant fait trop d'ennemis, il quitta le *Pall Mall Gazette* en 1890.

s'approcha du journaliste, un petit homme sec et brun, dont les yeux vifs étaient dissimulés derrière d'épais lorgnons.

— Pourrions-nous échanger quelques instants, Monsieur ?

Le journaliste scruta Stuart d'un air sévère.

— Je n'ai rien à dire à la *Metropolitan*, trancha-t-il d'une voix grave.

— Je ne fais pas partie de la *Metropolitan*, Monsieur. Je suis détective privé, annonça Stuart d'un ton calme.

— Détective privé ? Et que viendrait faire un détective privé ici ? À moins que…

Le regard du journaliste s'illumina d'un coup.

— Ce n'est pas le premier meurtre de ce genre ! J'en étais sûr ! Il y avait trop d'officiers de police pour qu'il s'agisse d'une affaire classique.

Stuart regarda autour de lui et constata avec quelque inquiétude que leur conversation attirait un peu trop l'attention.

— Pourrions-nous…

Le journaliste sourit et acquiesça d'un signe de tête. Les deux hommes se mirent à marcher pour s'éloigner de *Berkeley Square*, devenu sans intérêt pour eux.

— William Baylen, précisa le journaliste.

— Stuart Spencer.

— De l'agence Worthington & Spencer ?

— Oui.

Le journaliste eut une mimique d'approbation. Il était plutôt satisfait de cette rencontre. Les deux hommes attendirent de s'être un peu éloignés à travers le dédale des rues environnantes pour reprendre leur conversation.

— Que puis-je faire pour vous, Monsieur Spencer ?

— Il me faut vérifier une intuition, mais je n'ai ni le temps, ni les moyens de le faire sans aide.

— Très bien. Vous voulez que j'effectue des recherches et, en contrepartie, j'ai moi aussi besoin d'informations.

— Je comprends mais nous avons besoin de temps avant que les nouvelles ne soient diffusées.

William Baylen eut un mouvement de recul. Lui demander de retarder la diffusion d'une nouvelle équivalait dans son esprit à le sommer de se couper les deux bras.

— Je vous demande deux jours de délai avant que vous ne fassiez paraître le premier papier, précisa Stuart.

— Cela dépendra du type d'informations que vous me donnerez.

— Ne vous inquiétez pas pour cela, dit Stuart en souriant, vous ne serez pas déçu.

Le détective détailla autant qu'il lui semblait nécessaire la succession de meurtres qui s'enchaînait à Londres depuis dix-huit mois, tout en conservant un maximum d'éléments secrets. Toutefois, il avait besoin que le journaliste enquêtât sur des crimes similaires qui auraient pu se dérouler, ailleurs en Angleterre, dans les trois ou quatre années précédentes. Avec le *Pall Mall Gazette*, le détective savait que l'enquête serait détaillée, sérieuse et exhaustive autant que faire se pouvait. Le journaliste prit quelques notes précises sur un carnet qu'il conservait dans la poche droite de sa veste et ne posa pas de questions.

— L'affaire vous intéresse-t-elle ? demanda Stuart.

— Oui. Mais, je ne sais pas si je vais parvenir à trouver vos renseignements... Vous souhaitez que je recherche si des cycles de meurtres impliquant des gens jusqu'alors sans histoires et n'ayant aucun souvenir de leurs forfaits, ont eu lieu ailleurs dans le Royaume-Uni ces quatre ou cinq dernières années, n'est-ce pas ?

— Précisément.

— La question est : ai-je assez de contacts ailleurs dans le Royaume-Uni pour mener à bien une telle enquête ? En toute honnêteté, le CID est mieux placé que moi pour réaliser cette recherche.

— Mis à part l'inspecteur en charge de cette affaire, les autres membres du CID ne semblent pas très enthousiastes à l'idée d'être confrontés à une nouvelle série d'assassinats inexpliqués.

— Bien sûr, après ce bon vieux Jack, Londres a recouvré un semblant de vie tranquille et notre brave *Met* n'a pas du tout envie d'affoler la populace.

— Les meurtres en question touchent toutes les classes sociales.

— Étrange, murmura le journaliste. On pourrait quand même croire que les riches sont plus à l'abri du crime que les pauvres... Marché conclu, Monsieur Spencer. Je fais vos recherches, je vous donne deux jours et, en contrepartie, vous me tenez informé des avancées de votre enquête.

William Baylen tendit la main à Stuart qui la serra d'une poignée franche. Le détective espérait qu'il n'avait pas fait une erreur stratégique en accordant sa confiance à ce journaliste.

◆ ◆ ◆

E lsie pestait sur le chemin du retour. Après avoir quitté Sophia, elle avait fait un détour par le cabinet de Maître Lawrence Dwight afin de s'assurer de l'existence ou non d'un testament dans cette affaire.

L'avocat ne l'avait reçue que cinq minutes, mais il lui avait donné les renseignements qu'elle souhaitait. La mère de Sophia avait fait un testament et, une fois de plus, ce n'était pas à l'avantage de la jeune femme puisque Sophia était sa seule héritière. *Un élément de plus à charge !* Elsie songeait avec inquiétude que, dans l'éventualité où la piste du mage se révélerait sans fondement, la corde ne se trouverait plus très loin du cou de son amie.

La détective se secoua pour mieux repousser une telle pensée de son esprit et pressa le pas vers *Park Crescent*. Elle devait encore se rafraîchir et se changer avant d'assister à sa première démonstration spirite.

◆ ◆ ◆

Elsie rejoignit l'agence juste avant l'heure du rendez-vous. Sur les conseils de Victoria, elle avait opté pour une élégante robe bleu nuit dont la coupe élancée mettait en valeur sa haute taille. Sa belle-sœur ignorait qu'Elsie avait apporté quelques modifications au vêtement pour le rendre plus… pratique en quelque sorte. Dissimulés sous les plis de la lourde jupe, un revolver et un couteau, aiguisé comme une lame de rasoir, trouvaient leur place au milieu des jupons. Elsie ignorait ce qu'elle devrait faire contre un démon de l'enfer mais, en ce qui concernait les démons humains, l'usage du fer et de l'acier était souvent une bonne option.

Quand elle entra, Stuart attendait dans son bureau, déjà en grand habit. Elsie se mordit les joues de contrariété. Elle s'était promis d'offrir un habit de soirée à son cousin, puis l'idée lui était sortie de la tête. Stuart allait faire triste mine avec son vêtement qui avait connu un peu trop de soirées, mais il était trop tard pour les regrets. Il se leva lorsque Elsie le rejoignit et s'inclina devant la jeune femme, un sourire sur les lèvres.

— Vous êtes d'une élégance rare, ma cousine !

Elsie observa son cousin et songea qu'avec son doux sourire, ses yeux bleu-vert et ses cheveux blond-roux, peu de femmes remarqueraient son habit.

— Merci Stuart, vous êtes très élégant vous aussi !

Elle lui adressa un large sourire et fut aussitôt interrompue par des coups secs à la porte. Les deux détectives échangèrent un regard entendu et plongèrent ensemble dans un monde inconnu.

◆ ◆ ◆

La voiture d'Isadora était vaste et confortable. Stuart en fut quelque peu décontenancé. Certes, Isadora lui avait fait l'impression d'une femme à la situation aisée, mais pas d'une telle richesse.

— La voiture ne m'appartient pas, répondit-elle.

Stuart la scruta dans la pénombre. La médium posait sur lui son regard si sombre. Le détective songea que cette femme aurait pu être à son goût sans son… don… Pour être honnête, elle était tout à fait à son goût avec ses cheveux sombres, sa bouche pleine et sa beauté sage.

— Êtes-vous télépathe en plus d'être médium ? l'interrogea-t-il avec plus de brusquerie qu'il ne l'aurait voulu.

— Non, je suis observatrice, répondit-elle dans un sourire. Nous devons cette voiture à nos hôtes. Lady Arabella Hardwick était si heureuse de ma venue qu'elle n'a pas hésité à nous envoyer sa voiture personnelle.

— Une Lady ? répéta Elsie.

— Vous seriez surprise de la diversité de mes clientes. De la plus pauvre à la plus riche, de la plus jeune à la plus âgée, je rencontre toutes sortes de personnes.

— Je remarque que vous parlez plutôt au féminin, intervint Stuart.

— C'est vrai mais j'ai aussi quelques clients masculins. Les hommes aussi ont besoin d'être rassurés parfois.

Elsie tentait d'imaginer en quoi communiquer avec le monde invisible pouvait être rassurant. Elle se secoua et décida de ne pas laisser son esprit vagabonder.

— Je suppose qu'une collation sera offerte aux invités, continua Stuart.

— Comme il se doit… répondit Isadora sans comprendre.

— Je vous demanderai de ne rien boire et de ne rien manger, trancha-t-il.

Les deux femmes le regardèrent un peu interdites.

— Que soupçonnez-vous, Stuart ? s'enquit Elsie.

— Les deux dernières prétendues criminelles ont été retrouvées avec des traces d'une poudre blanche inconnue. Je soupçonne que l'usage d'une drogue puissante a un rôle dans ces meurtres. Par conséquent, puisque nous nous rendons dans une réunion où le seul lien commun existant entre ces deux crimes se trouvera aussi, je vous demande de ne rien avaler et, autant que faire se peut, de vous tenir à distance de ce personnage et de ses acolytes.

Isadora émit un rire stressé. Stuart fronça les sourcils en l'observant. *Nerveuse.*

— Je ne demande pas mieux, mais ce cher Philip Blackstone n'a de cesse que de me poursuivre dès qu'il m'aperçoit.

Stuart fut surpris.

— Que vous veut-il ?

— Ma médiumnité. Il n'est pas médium et a besoin de quelqu'un comme moi pour se lier aux forces qu'il invoque. Il est certain qu'avec mon aide, il gagnera en pouvoir.

— Et vous refusez.

— Bien sûr ! Je travaille dans la lumière, pas avec ou pour les ténèbres. Peu m'importe les pouvoirs prétendus auxquels je pourrais accéder par son entremise. Mon don me suffit et il suffit à aider ceux qui veulent m'accorder leur confiance.

— Je remarque que vous osez appeler ce mage par son nom, constata Elsie. Sophia, quant à elle, est si persuadée de la toute-puissance du personnage qu'elle ne prononce pas même son nom.

Isadora eut un air de dégoût.

— Cela contribue à sa légende. Plus les gens sont convaincus de ses pouvoirs, plus il peut les manipuler et leur extorquer de l'argent. Nombre de ceux que nous allons croiser ce soir sont impressionnés par ses prétendus pouvoirs. Certains paient fort cher des messes noires dans lesquelles il prétend plier les forces invisibles à sa volonté… ce qui est ridicule mais… ce n'est que mon opinion. Il vaut mieux que vous vous fassiez votre propre idée.

Elsie fut étonnée. Elle avait d'instinct classé Isadora dans la même case que le mage : des exploiteurs de crédulité. Toutefois, cette femme semblait plus raisonnable, plus honnête… La voiture ralentit enfin pour franchir un large porche de pierres.

◆ ◆ ◆

La société avait été choisie avec soin. Les étoffes précieuses des robes bruissaient avec délicatesse sur les tapis orientaux de laine et de soie, pendant que le son cristallin des verres de portos et whiskies tintinnabulaient. L'entrée de deux inconnus tels qu'Elsie et Stuart ne troubla guère la digne assemblée mais, à la seconde même où la robe pourpre d'Isadora franchissait le seuil de la salle de réception, les participants se ruèrent sur elle, sans aucune retenue.

— Quelle heureuse surprise, chère Madame, que vous ayez pu vous libérer ! Entre votre talent et les pouvoirs extraordinaires de Monsieur Blackstone, nul doute que les esprits nous serons favorables cette nuit, s'exclama un gros homme entre deux bouffées de son énorme cigare.

— Chère, très chère Isadora, quel plaisir de vous voir. Je voulais vous remercier pour vos conseils, vous avez été si merveilleuse ! s'exclama une femme de l'âge d'Elsie.

La joyeuse assemblée se réjouit encore un peu de l'arrivée de la médium avant que le grand sujet du jour ne reprenne sa place : le mage Philip Blackstone avait accepté de faire une démonstration de son art. Stuart profita de cette accalmie pour se rapprocher d'Isadora.

— Vous êtes célèbre, Madame. Plus célèbre que je ne le pensais.

— Je ne suis pas célèbre. Je suis connue dans certains cercles.

Stuart l'examina du coin de l'œil. Ce n'était pas de la fausse modestie. Isadora savait selon toutes vraisemblances que, malgré les réactions par trop enthousiastes que sa venue avait déclenchées, elle restait une inconnue pour la plupart de ses concitoyens.

— À quelle démonstration allons-nous assister au juste ?

— Je l'ignore et j'aurais préféré rester dans l'ignorance.

Stuart examina la salle en se faisant, pour la seconde fois de la journée, la réflexion qu'Isadora ne semblait pas à son aise lorsque le nom de Philip Blackstone était évoqué.

— De quoi avez-vous peur, Madame ?

— Je n'ai pas peur de lui, même si je le sais mal intentionné. Je crains les forces qui l'accompagnent.

— Y êtes-vous sensible ?

Isadora jeta un regard indigné à Stuart.

— Comme tout un chacun. En revanche, pour votre part, vous ne risquez pas de voir votre corps envahi par un démon qui annihilera votre volonté.

— Vous n'avez pas votre mot à dire ? s'étonna Stuart.

— Pas toujours. Cela dépend de l'entourage, des énergies en présence et de mon état de santé. Si je suis fatiguée, un esprit peut s'imposer à moi avec plus de facilité qu'un jour où je me sentirai bien.

— Si tel est le cas, que pourrais-je faire pour vous aider ?

Isadora regarda Stuart avec étonnement.

— Vous êtes la première personne à vous inquiéter de m'aider. Ce genre de désagrément m'a déjà frappée à plusieurs reprises et personne n'a jamais songé à m'aider à revenir et à reprendre le contrôle de mon corps.

— Trop heureux d'être au spectacle… trancha Stuart. Sachez simplement que si un tel « désagrément », pour reprendre votre expression, venait à se produire ce soir, je ne me complais pas dans le rôle de spectateur.

— Si cela m'arrive, je ne vous demande qu'une seule chose : ne laissez pas Philip Blackstone s'approcher de moi. À chaque fois qu'un esprit a pris corps en moi, et je parle ici de simples âmes errantes, je me suis retrouvée dans un état de faiblesse extrême, comme si toute mon énergie avait été aspirée hors de moi. Ne laissez pas cet homme s'approcher de moi, si je suis incapable de me défendre.

Stuart sonda le regard sombre d'Isadora et comprit qu'elle ne plaisantait pas. Elle ne se moquait pas de lui. Elle lui demandait son aide puisque, ce soir-là, il était sans conteste le seul allié fiable dont elle disposait dans la salle. Qu'il fût ou non persuadé des dons de la médium ne devait pas entrer en ligne de compte.

— Il ne vous approchera pas, promit Stuart.

Isadora hocha la tête. Elle semblait un peu rassérénée, mais n'eut pas le temps de profiter de ce répit. L'air se chargea d'électricité. Une rumeur parcourut la salle. Il était là. Il était enfin là. Stuart sentit Isadora se tendre à côté de lui. Il aurait voulu la tranquilliser, mais ne put se résoudre à un geste amical qui aurait pu être mal interprété. Il reporta son attention sur celui pour qui ils étaient tous là : le nécromancien Philip Blackstone.

Elsie avait toujours eu horreur de ce genre de soirée mondaine mais, grâce à l'éducation sans faille que sa mère Adélaïde lui avait donnée, elle était capable de se mouvoir dans ce genre d'assemblée comme un poisson dans l'eau. La détective scruta les invités à la recherche d'une personne qu'elle parviendrait à faire parler sans attirer l'attention. Elle aperçut ce qu'elle cherchait : à quelques mètres d'elle, une toute jeune fille se tenait très droite, dans un angle de la pièce sans oser parler à quiconque. À côté d'elle, une femme plus âgée semblait agacée par sa gaucherie. Elsie se dirigea d'un pas ferme vers le duo de femmes.

— Bonsoir mesdames, dit-elle d'une voix claire et assez forte pour couvrir le brouhaha de la pièce. Quelle soirée magnifique, n'est-ce pas ? Veuillez me pardonner, je ne me suis pas présentée ! Élisabeth Worthington.

La femme scruta Elsie sans vergogne. Était-elle d'une compagnie assez prestigieuse pour qu'elle lui répondît ?

— Worthington ? Comme l'homme d'affaires, Édouard Worthington ?

— C'est mon frère, précisa Elsie.

La femme eut une moue appréciatrice.

— J'ignorais qu'Édouard Worthington avait une sœur si jeune. Lady Aurora Mansfield et ma fille, l'Honorable Lyane Mansfield.

— Très honorée de faire votre connaissance, Milady.

Elsie attendit un instant une marque de courtoisie qui ne vint pas. Peu préoccupée par le manque d'intérêt que les deux femmes lui témoignaient, elle poursuivit la conversation comme si de rien n'était.

— Je suis assez intriguée par ce mage, Philip Blackstone. D'après ce que l'on m'a dit, c'est un homme aux vastes pouvoirs et doté d'une détermination sans faille.

— Il est merveilleux ! intervint Lyane. Cependant, je vous conseillerais d'être plus prudente. Il ne faut pas prononcer son nom sans en avoir l'utilité.

— Je vous demande pardon ?

Lyane se pencha vers Elsie, comme pour lui confier une confidence de la première importance.

— Le mage dont nous parlons est sans doute l'homme le plus puissant depuis Merlin l'enchanteur.

Elsie se concentra pour éviter que la réplique acerbe qui envahissait son esprit et sa bouche ne passât la frontière de ses lèvres. *Merlin l'enchanteur n'a pas existé !!!*

— Impressionnant… mais pourquoi ne devrais-je pas prononcer son nom ?

— Il sait tout, intervint Lady Mansfield. Si vous usez de son nom sans raison, cela le contrarie au plus haut point car vous le dérangez pour rien.

— En effet, cela doit être épuisant d'être interpellé sans cesse, de jour comme de nuit. L'idée ne m'avait pas effleurée. Je vous remercie pour cette précision. Néanmoins, n'ayant pas eu encore l'occasion de voir ce Monsieur déployer ses pouvoirs, je reste tout de même sceptique quant à la réalité des désagréments qu'il subit lorsque l'on prononce son nom. Je ne vois vraiment pas comment il pourrait savoir qu'un tel ou tel parlent de lui.

— Vous allez comprendre ce soir, dit Lyane avec enthousiasme. C'est la première fois qu'il accepte d'évoquer les esprits lors d'une réunion spirite.

— Magnifique ! s'enthousiasma Elsie.

Elle se demandait si le sort ne l'avait pas conduite vers les deux créatures les plus crédules de la soirée. À n'en pas douter, Lyane et sa mère feraient un joli duo d'idiotes à escroquer. Le mage n'aurait pas même à argumenter, elles lui donneraient tout ce qu'elles possédaient pour un entretien avec un esprit de son choix.

— Tout devient si simple avec lui ! Quelle que soit la question que vous avez à poser, il consulte les esprits supérieurs et vous donne une réponse limpide ! C'est si reposant de se laisser guider ! poursuivait Lyane.

Elsie préféra rester silencieuse et prit un air emprunté, pour faire croire, du moins l'espérait-elle, qu'elle réfléchissait à ce que la jeune fille venait de dire.

— Avez-vous eu l'honneur de bénéficier de ses conseils ?

— Malheureusement, il n'a pas encore trouvé le temps de nous recevoir, répondit avec quelque dépit Lady Mansfield.

— Vous devriez peut-être vous en réjouir.

— J'ai peur de ne pas comprendre, rétorqua Lady Mansfield d'un air pincé.

— S'il n'a pas encore trouvé le temps de vous recevoir, c'est que vos problèmes ne sont pas assez importants. Par conséquent, vous devriez vous en réjouir.

— C'est une façon d'envisager les choses.

Lady Mansfield usa d'un ton si glacial qu'Elsie comprit que l'entretien était terminé… à son grand soulagement. La porte s'ouvrit soudain et les deux femmes se précipitèrent vers l'homme qui venait d'entrer, laissant choir Elsie sans se retourner. Grand, brun, la barbe méphistophélique poivre et sel, vêtu d'un élégant smoking, Philip Blackstone regarda l'assistance et sourit d'un air conquérant. Elsie regarda avec écœurement les invités se presser vers lui.

Stuart avait vu les invités se précipiter vers le prétendu mage. Bien peu étaient restés à leur place. Seule leur hôtesse, Elsie, Isadora, un évêque et lui-même n'avaient pas bougé. Sa cousine les rejoignit pendant que Philip Blackstone tentait de se frayer un passage jusqu'à Lady Arabella Hardwick. Il lui présenta ses hommages, mais fut à la limite de l'indélicatesse quand il rompit la conversation et se précipita vers Isadora qu'il venait de remarquer.

— Ma chère Isadora, dit-il d'une voix profonde. Quel plaisir de vous voir ici ! Lady Hardwick m'avait prévenu que vous ne pourriez être présente !

— Bonsoir Monsieur Blackstone, répondit Isadora avec froideur. J'ai pu me libérer. Puis-je vous présenter des amis qui me sont chers ?

— Avec un immense plaisir !

Elsie et Stuart voyaient les rangs des curieux se resserrer autour d'eux.

— Je vous présente Miss Élisabeth Worthington et Monsieur Stuart Spencer.

Philip Blackstone perdit son sourire un instant, puis reprit son air d'enthousiasme.

— Worthington & Spencer ? De l'agence Worthington & Spencer ? Merveilleux !

Stuart s'avança vers lui d'un pas.

— Je suis étonné que notre réputation soit parvenue jusqu'à vous.

— Ne soyez pas si modeste. Il n'est pas si courant qu'une agence de détectives privés soit dirigée par une femme et un homme. Vous avez bénéficié de quelques articles fort intéressants dans la presse. Mais que font deux détectives à notre petite soirée ?

— Comme le reste de l'assemblée, reprit Stuart, nous attendons la démonstration de vos pouvoirs.

— Souhaiteriez-vous intégrer le cercle d'évocation, Monsieur Spencer ?

— J'ai peur d'être plus à mon aise à l'extérieur du cercle qu'à l'intérieur.

— Et vous, Miss Worthington ?

Elsie n'en revenait pas. De toutes les personnes présentes, il fallait que cette proposition lui soit faite à elle !

— Pourquoi pas, Monsieur Blackstone. J'ai toujours aimé les nouvelles expériences, parvint-elle à répondre avec un semblant d'intérêt.

Le mage s'inclina devant Elsie, puis se tourna vers Isadora.

— Bien évidemment, ma chère Isadora, vous serez des nôtres.

Il ne s'agissait pas d'une question mais d'une affirmation. Isadora eut un mouvement de refus que Philip Blackstone ignora. Il s'était déjà tourné vers leur hôtesse et s'enquérait du lieu prévu pour l'évocation. Il s'éloigna sans un regard pour la médium ou les détectives. Les curieux dévisagèrent encore les deux détectives, avant de se détourner d'eux pour suivre le phénomène. Elsie sentit une main lui serrer le poignet.

— Vous vous assiérez à ma gauche, Miss Worthington et vous me donnerez la main. Avec vous à mes côtés, je parviendrai à lui résister.

Elsie parut sidérée, mais acquiesça d'un signe de tête. Si sa présence pouvait rassurer Isadora, elle ne voyait pas pourquoi elle lui refuserait ce réconfort.

— Pourquoi avoir accepté, Elsie ? s'étonna Stuart.

— Comme vous aviez déjà choisi l'extérieur du cercle pour mieux observer, j'ai pensé qu'il fallait que l'un de nous deux participe à cette expérience.

— N'êtes-vous pas un peu inquiète ? demanda Isadora.

— Inquiète de quoi ?

La médium sourit.

— Vous allez participer à un cercle d'évocation, c'est-à-dire que vous allez vous asseoir à une table, tenir les mains de vos voisins et demander à ce que le monde invisible entre en contact avec nous.

— Veuillez m'excuser, mais je pense qu'il y a peu de chances que le monde invisible se manifeste ce soir, puisque, selon vous, ce mage est dénué de tout pouvoir.

— C'est vrai mais je suis là…

— Nous affronterons donc le monde invisible côte à côte puisque je vous tiendrai la main.

Le sourire d'Isadora s'agrandit encore.

— Sans peur, sans doute. Quel magnifique soldat de lumière vous feriez, Miss Worthington.

Elsie se demanda si le qualificatif de « soldat de lumière » lui plaisait ou non. À la réflexion, elle avait déjà été traitée de bien pire que cela…

— Si vous le dites ! Ah, je crois que nous sommes attendues.

Pendant leur conversation, les invités s'étaient tous dirigés vers une salle adjacente. Le majordome de Lady Hardwick les convia à rejoindre les autres par quelques signes discrets.

Les invités s'installaient dans une vaste salle, plongée dans la pénombre, au centre de laquelle une table ronde avait été installée. Autour d'elle, Philip Blackstone, Lady Hardwick, deux dames de qualité et un gentleman distingué étaient déjà assis. Il ne restait que deux places et nombreux étaient ceux qui jetaient des regards envieux à Elsie. Les places étaient, semble-t-il, fort chères. Elsie s'assit, comme convenu, à la gauche d'Isadora et lui tendit la main. Toutes deux refermèrent le cercle en saisissant les mains tendues des deux dames à leurs côtés. La tension était palpable. Chacun tentait d'entendre un son particulier, de percevoir une présence invisible, tout en se contraignant au silence. Stuart ne ratait rien de ces exclamations étouffées, de ces murmures excités, de ces commentaires murmurés.

Au milieu de ce cercle extérieur palpitant, les sept personnes formant le cercle d'évocation étaient plongées dans un parfait silence. Soudain, un petit homme trapu, dont l'apparence n'avait rien de commun avec les autres membres de l'assistance tant il semblait frustre, se mit à psalmodier avec conviction. Sa complainte entêtante fut peu à peu reprise par nombre des participants qui, s'ils ne connaissaient pas tous les paroles, ânonnaient avec passion des sons proches de ceux de l'étrange inconnu. L'excitation monta d'un cran dans la salle. À l'inverse, ceux du cercle demeuraient silencieux et immobiles, la tension qui les animait étant seulement visible par quelques soubresauts dans leurs mains. Même Elsie paraissait concentrée et en osmose avec les autres.

Le temps passait et, malgré la ferveur des prières incompréhensibles du cercle extérieur, rien ne se produisait. Nul son, nul mouvement ne vint prouver la présence du plus petit esprit.

— Esprits vagabonds, êtres invisibles, puissances éternelles, venez à nous !

La voix de Philip Blackstone tonna dans le silence et frappa le public de stupeur. Chacun se figea. Les respirations se suspendirent dans l'attente d'une manifestation de l'invisible. Silence. Rien. Les respirations reprirent et quelques murmures se firent entendre çà et là. Cette légère agitation ne perturba pas ceux du cercle d'évocation.

— Esprits vagabonds, êtres invisibles, puissances éternelles, manifestez-vous ! Nous vous attendons !

Le silence s'imposa de nouveau. Tous tendaient l'oreille à la recherche du moindre indice, mais rien ne se passa. Des toux contrariées se firent entendre. Certains regards peu amènes s'échangeaient, quelques ricanements perçaient le recueillement. Perplexes, gênés, étonnés, déçus, les spectateurs se demandaient s'il s'agissait d'une plaisanterie. Était-ce tout ce dont était capable un mage de cette envergure ? Contrairement à la légende attachée à son personnage, les esprits ne semblaient pas si prompts à se plier à sa volonté. D'où lui venait sa réputation ?

— Toi, créature des ténèbres, comment oses-tu troubler le repos des morts ?

Un frisson traversa la salle. Stuart observa la table ronde d'où la voix sépulcrale avait retenti. Le corps d'Isadora était tendu à l'extrême. Rejetée en arrière dans son fauteuil, elle écrasait les mains d'Elsie et de son autre voisine dans un spasme douloureux. L'assemblée était tétanisée. Plus de rires, plus de murmures, plus rien. Chacun attendait que l'esprit se manifestant à travers le corps de la médium poursuivît son discours. Stuart fit un pas en avant, quand un homme près de lui le stoppa net dans son mouvement.

— Ne rompez pas le cercle, murmura l'inconnu en retenant le détective par la manche. Vous ne vous rendez pas compte des conséquences pour la médium !

Stuart reporta son attention sur Isadora. En transe, le corps de la femme semblait proche du point de rupture.

— Ne rompez pas le cercle ! intima Philip Blackstone. Sous aucun prétexte !

La voisine à droite d'Isadora luttait pour dégager sa main de l'étreinte d'acier de la médium.

— Elle me broie la main ! se plaignit-elle.

— Elle vous broiera la main autant qu'elle le voudra, mais vous ne romprez pas le cercle !

La voix de Philip Blackstone était chargée de colère et de menaces. Stuart l'étudia avec attention. Le mage ne semblait pas au meilleur de sa forme et semblait fort contrarié par cet épisode rocambolesque. Lui qui devait être la vedette de cette soirée ne parvenait à rien alors qu'Isadora avait cédé son corps à un esprit inconnu. Stuart se demanda si la médium jouait la comédie ou si un esprit s'était imposé à elle contre sa volonté. Cette dernière hypothèse le perturbait car, dans la représentation du monde qu'il avait l'habitude de manier, les créatures invisibles n'avaient guère de place. Ses yeux se posèrent sur son associée et glissèrent jusqu'à la main d'Elsie. Blanche et tordue, la main de sa partenaire subissait l'étau de celle d'Isadora. Pourtant, loin de tenter de se libérer, Elsie luttait pour retenir la médium emportée dans sa transe.

— Oh grand esprit, nous te remercions de ta présence parmi nous, reprit le mage. Délivre-nous ton message en toute sincérité afin que nous apprenions à ta source une vérité sur l'univers.

Isadora se redressa soudain et fixa un regard blanc sur le mage. Ses pupilles révulsées avaient disparu, ne laissant qu'un regard aveugle à la médium.

— Trêve de flagorneries, compagnon des Ténèbres. Tu n'obtiendras rien de moi !

Isadora se tourna vers Elsie, puis pivota jusqu'à rencontrer le regard de Stuart qui n'avait pu faire autrement que de s'approcher de la table.

— En revanche, vous, les serviteurs de la lumière, cessez d'être aveugles et ouvrez vos esprits !

La voix d'Isadora était plus rauque que jamais. Toutefois, les inflexions dans ses paroles montraient qu'un combat se déroulait en elle. Stuart songea avec trouble que la médium luttait avec l'esprit pour reprendre possession de son corps.

— Les meurtres vont continuer car votre regard est aveugle, Stuart Spencer. Les esprits tueurs vont poursuivre leur odieuse besogne et vous resterez dans l'ombre jusqu'à ce que vous acceptiez ce que vous êtes !

Les dernières paroles furent prononcées avec la voix d'Isadora qui prit soudain une grande inspiration et s'effondra dans son fauteuil, relâchant les mains qu'elle malmenait depuis quelques minutes. Stuart se précipita vers elle pour la retenir.

Chapitre 7

Isadora, sans connaissance, glissait peu à peu au bas de son fauteuil. Stuart lâcha sa canne, pour la retenir juste au moment où elle basculait vers le sol. Il l'allongea tant bien que mal sur l'épais tapis et s'agenouilla à côté d'elle, non sans qu'une douleur fulgurante ne lui traversât la jambe. Il n'y prêta aucune attention, le dialogue avec sa vieille blessure reprendrait bien assez tôt. Isadora était pâle et semblait sans vie. Elsie rejoignit son cousin et s'empara de la main de la femme évanouie qu'elle tapotait avec vigueur. Stuart saisit sa canne, tombée non loin de lui, et plaça le pommeau en argent sous le nez de la médium. Une légère buée apparut à son grand soulagement.

— Des sels ! ordonna-t-il.

L'hôtesse qui était demeurée spectatrice de la scène sursauta et ordonna que l'un ou l'autre de ses domestiques apportât dans les plus brefs délais des sels, un coussin et des couvertures. La voisine de droite d'Isadora reprit elle aussi ses esprits et éventa le visage de la médium avec son large éventail décoré de plumes et de perles. Une ombre se projeta sur le corps d'Isadora et Stuart se retourna d'un bloc. Philip Blackstone s'était approché et ne manquait pas de se réjouir de l'état de faiblesse de la spirite. Son regard brillait d'une intensité peu compatible avec la compassion. Stuart se releva d'un bond et s'interposa entre le mage et sa proie.

— Je vous demande de reculer, Monsieur. Nous sommes déjà assez autour de Madame Lewis, vous ne feriez que l'indisposer davantage.

Philip Blackstone fut saisi de stupéfaction. Personne ne pouvait lui parler sur ce ton et encore moins lui donner des ordres. Stuart entendit un grognement peu amène juste derrière le mage et observa le petit homme trapu qui avait commencé à psalmodier pendant l'évocation. *Regard fuyant, manières frustres, attaché à son maître... Toi, mon bonhomme, je vais m'intéresser à ton cas.* Stuart reporta son attention sur Philip Blackstone qui continuait à le dévisager. Les deux hommes s'affrontèrent du regard. Ils ne se connaissaient pas, mais savaient d'instinct qu'ils n'étaient pas dans le même camp. Stuart sentit comme un défi dans le regard posé sur lui. Le mage tentait de le dominer, mais il n'avait aucune intention de se soumettre. Il se redressa de toute sa hauteur et toisa le nécromancien avec la même intensité. Lady Hardwick arriva alors avec les sels et rompit l'affrontement dans un tourbillon de jupons. Philip Blackstone fit un pas de côté et quitta l'assistance sans un mot ni un regard pour quiconque.

Stuart reporta son attention sur la femme évanouie et sentit la violente odeur d'ammoniaque. Isadora ouvrit les yeux par réflexe, mais se sentait si faible qu'elle ne put faire un autre mouvement. Elsie et Stuart la saisirent chacun par un bras et parvinrent à l'asseoir dans le fauteuil. Stuart sortit une flasque de sa poche et l'appliqua contre la bouche d'Isadora.

— Buvez, vous vous sentirez mieux, proposa-t-il. Attention, c'est un peu fort. C'est un mélange de brandy et de sucre.

Isadora but une gorgée du liquide. Stuart nota avec étonnement qu'elle ne s'étouffa pas. Le liquide sirupeux et alcoolisé agit à l'instant même. La médium retrouva quelques couleurs.

— Vous avez gravement offensé notre très cher mage !

Stuart releva les yeux et constata que leur hôtesse le fusillait du regard.

— Je n'apprécie guère qu'un homme se repaisse de l'évanouissement d'une dame, Milady.

Lady Hardwick eut l'air sidérée.

— C'est moi la fautive, Arabella, intervint Isadora d'une voix faible. J'ai demandé à Monsieur Spencer de s'interposer entre Monsieur Blackstone et moi, si je venais à subir une incorporation contre ma volonté.

— Mais enfin, pourquoi ma chère ? Je suis certaine que Monsieur Blackstone aurait pu vous être d'un grand secours.

— Vous savez ce que je pense de lui, Arabella.

Lady Hardwick était peinée par la réserve que son amie pouvait avoir envers l'homme qu'elle admirait le plus. Philip Blackstone était si prodigieux, si savant dans toutes les sciences occultes… Si elle avait moins connu Isadora, elle aurait pu la soupçonner de jalousie.

— Je souhaiterais rentrer chez moi, dit soudain Isadora.

— Oh non, vous n'allez pas nous abandonner ainsi, chère Isadora ! J'ai tant de questions à vous poser !

Une rumeur de déception et de mécontentement parcourut les spectateurs.

— Je suis désolée, Arabella, mais je suis trop faible. Je vous promets de revenir le jour qu'il vous plaira pour répondre à toutes vos questions et à celles de tous vos invités mais, pour le moment, je vais rentrer chez moi. Monsieur Spencer, Miss Worthington, accepteriez-vous de me raccompagner, s'il vous plaît ?

Malgré les récriminations et les protestations qui fusaient de tous bords, Elsie et Stuart soutinrent Isadora et l'extirpèrent de la soirée. Ils n'eurent pas même le temps d'enfiler leurs manteaux que les conversations avaient repris. Chacun s'esbaudissait du miracle dont ils avaient été témoins.

◆ ◆ ◆

L ady Hardwick avait de nouveau prêté son véhicule à Isadora et aux détectives. Stuart avait donné une autre gorgée de son brandy sucré à la médium et Isadora reprenait peu à peu quelques couleurs. Bercée par le trot des chevaux, elle prit le temps de se reposer un instant. Stuart songea que cette femme était confiante car, en vérité, elle ne les connaissait pas. Bientôt, elle se sentit mieux et rompit le silence qui prédominait.

— Avez-vous ressenti quelque chose de particulier, Miss Worthington ?

Elsie se tourna vers elle, interdite.

— Que voulez-vous dire ?

— Lorsque nous nous tenions la main, n'avez-vous rien ressenti de particulier ?

— Non.

— Dommage, fit Isadora avec déception.

Elsie l'observa, comprenant de moins en moins où elle voulait en venir.

— Mis à part lorsque vous m'avez écrasé les phalanges, je n'ai rien ressenti d'étrange.

— Je suis désolée, répondit Isadora d'une voix un peu faible.

Elsie était gênée. Elle n'avait pas voulu mettre mal à l'aise cette dame bizarre mais plutôt sympathique.

— Ce n'est pas ce que je voulais dire. En revanche, pouvez-vous m'expliquer ce qu'il s'est passé ?

Isadora soupira. Elle était lasse et se serait passée de ce genre d'explications. Toutefois, à la mine des deux détectives, elle comprit qu'elle devait les éclairer sur les événements de la soirée.

— J'étais si préoccupée par Philip Blackstone que j'ai passé toute mon énergie et toute ma concentration à lutter contre ses mauvaises intentions. En revanche, il est un point où je n'ai pas été assez prudente : je n'avais pas soupçonné ses talents d'hypnotiseur. Quand j'ai croisé son regard, je me suis sentie comme happée et je n'ai plus réussi à me dégager de son emprise.

— C'est à cause de cela que l'autre esprit a pu s'imposer à vous ? demanda Stuart.

— Oui. Pour ma part, j'ai horreur de ce genre d'expérience. J'essaie autant que possible d'éviter ce contact par trop intime avec les esprits. Outre l'inconfort de cette situation, j'en sors toujours dans un état d'extrême faiblesse. En revanche, il faut que vous sachiez que certains médiums - les médiums à incorporation - se sont fait une spécialité de ce genre de pratique. Ils travaillent toujours en duo avec un hypnotiseur qui les aide à éteindre leur conscience, ce qui permet aux âmes errantes de prendre possession de leur corps et de s'en servir pour communiquer avec le monde visible.

— Il vous a obligé à vous retirer loin dans votre propre corps et à céder la place à une âme errante. Qui était-ce ?

— Je l'ignore.

Elsie fut ébahie.

— Vous l'ignorez ? Mais, enfin, il était en vous !

— Oui, mais mon corps n'est qu'un réceptacle. Je n'ai pas de contact avec ceux qui prennent possession de mon enveloppe corporelle. Ma conscience est endormie. Seuls les spectateurs savent de quoi parlent les esprits.

— Vous ne savez donc pas que Stuart a été interpellé par cet esprit ?

Ce fut au tour Isadora d'être sidérée.

Elsie la considéra avec soin. Cette femme était une grande actrice… *À moins que… Non, c'est impossible. Elle est folle, voilà tout !*

— Que s'est-il passé ? s'enquit la spirite.

— Vous m'avez interpellé avec une voix d'outre-tombe et vous m'avez annoncé que les meurtres allaient continuer. « Les esprits tueurs vont poursuivre leur odieuse besogne et vous resterez dans l'ombre jusqu'à ce que vous acceptiez ce que vous êtes ! », pour reprendre vos paroles.

— Ce ne sont pas mes paroles… Peu importe…

Isadora était perplexe.

— Les meurtres continueront jusqu'à ce que vous acceptiez ce que vous êtes ? reprit-elle. Mais qu'êtes-vous, Monsieur Spencer ?

Stuart sourit et son visage s'illumina.

— C'est à vous de me le dire, Madame.

— Non, c'est à vous de le découvrir, Monsieur.

Isadora eut un sourire doux, ses lèvres pâles retrouvant pour l'occasion un peu de leur couleur rose.

— Vous seul pouvez découvrir ce que vous êtes, Monsieur Spencer, mais soyez certain d'une chose : de cette découverte dépendent plusieurs vies humaines.

— N'êtes-vous pas trop mélodramatique ? intervint Elsie.

— Non, chère Miss Worthington. Si notre adversaire est vraiment Philip Blackstone, prenez garde à vous. Outre la magie noire et l'hypnose, je le soupçonne de manier quelques poisons.

— Ce ne serait pas très étonnant. L'homme est détestable, trancha Stuart. Que savez-vous de son serviteur ?

— Son serviteur ?

Un cahot sur la route les secoua avec rudesse.

— Un homme trapu, rugueux, qui s'est mis à psalmodier, décrivit Stuart.

Isadora eut un haut-le-cœur.

— Otto Neumann. Ce n'est pas son serviteur, c'est son âme damnée. Nul ne sait d'où vient cet Allemand, mais il ne quitte jamais Philip Blackstone.

— D'où vient ce Philip Blackstone ? demanda Elsie.

— Je l'ignore. Il est arrivé dans les cercles londoniens il y a un peu moins de deux ans et s'est imposé comme l'un des meilleurs spirites. Pour ma part, je ne le considère pas comme tel. Il n'a rien d'un spirite ! Il faut que vous sachiez que le spiritisme est une doctrine fondée sur l'existence, les manifestations et l'enseignement des esprits. L'adepte se doit de recevoir les conseils des guides avec humilité et patience. De plus, nous n'acceptons pas tous les enseignements sans examen. Les esprits étant, pour la plupart, des âmes débarrassées de leurs enveloppes corporelles, il se trouve parmi eux de bons et de mauvais guides. Pour ma part, je reste fidèle aux enseignements d'Allan Kardec[4]. Je suis tout à fait opposée aux violences et au sectarisme de ses successeurs. Les ouvrages d'Allan Kardec respirent, quant à eux, un amour profond de l'humanité, une grande générosité et une tolérance exemplaire. De plus, il a toujours fait preuve d'une grande probité intellectuelle, faisant une large place aux critiques dans ses écrits, et il fut le premier à dénoncer avec courage les fraudes qui ont trop souvent terni le spiritisme. Les invocateurs du Démon et ceux qui veulent soumettre à leur volonté les esprits n'ont pas leur place dans le spiritisme !

— Pourtant, Philip Blackstone a pénétré tous ces cercles et jouit d'une grande réputation, dit Stuart. Ce soir, l'assistance n'avait d'yeux que pour lui, même si quelques esprits chagrins tentaient de ridiculiser l'expérience.

— Le problème est que Philip Blackstone s'est servi du spiritisme pour trouver une clientèle et que, désormais, il éloigne ses admirateurs de la lumière pour plonger les plus crédules dans les forces ténébreuses.

— Ils y plongent parce qu'ils le veulent, s'indigna Elsie.

— Ils y plongent parce que les guerriers de lumières ne les soutiennent pas ! Où étiez-vous, Miss Worthington, lorsque votre amie avait besoin de vous ! Pourquoi n'avez-vous jamais pris le temps de répondre à sa lettre ?

---

[4] Allan Kardec ou Alan Kardec, de son vrai nom Hippolyte Léon Denizard Rivail (1804-1869) est le père du spiritisme. Pédagogue français, républicain et libéral, il est convaincu que l'éducation peut résoudre les problèmes sociaux et ouvre un cours privé. En 1854, il assiste pour la première fois à des séances de tables tournantes et fonde un nouvel enseignement : le spiritisme. Persuadé que cette science spirite, fondée sur le progrès éternel des âmes et l'élévation morale, apportera une consolation à l'humanité, il la théorise et rencontre un grand succès.

Elsie fut saisie. *La lettre ? La lettre... Oui, je me souviens. C'est vrai, Sophia m'a écrit l'année dernière... Elle me parlait de ses conflits avec sa mère... Elle me... demandait mon avis, compte tenu de mes propres relations conflictuelles avec ma mère.* La détective se renfrogna.

— Comment savez-vous ? M'avez-vous espionnée ?

Isadora eut un mouvement de dépit.

— Vous espionner ? Je vous ai rencontrée ce matin. L'un de mes guides m'a parlé de cette lettre. Sophia était au désespoir, elle ne savait plus vers qui se tourner et elle vous a écrit.

— Et je n'ai pas répondu, précisa Elsie avec franchise.

Isadora l'observa un moment.

— Non, vous n'avez pas répondu. Philip Blackstone et ses semblables ne comptent pas seulement sur la crédulité de leurs contemporains pour asseoir leur pouvoir, ils comptent sur l'isolement de leurs proies. C'est en cela que je dis que les guerriers de lumière ne remplissent pas leur office !

— Ceux qui sont assez solides pour résister à ces manipulations se désintéressent de ceux qui s'y soumettent, sous prétexte qu'avec un peu de bon sens, chacun peut éviter les écueils, conclut Stuart. Vous avez raison, Madame, notre société est égoïste et individualiste.

Isadora resserra les pans de son manteau autour de son cou. La conversation avait épuisé le peu de force qu'elle avait recouvré. Stuart l'épia dans la pénombre et en vint à la conclusion qu'aussi étrange qu'elle pouvait être, cette femme n'était pas dénuée d'une certaine sagesse. *Ma place ? Quelle est ma place dans cette histoire ?*

Après avoir vérifié qu'aucun importun n'attendait Isadora chez elle, Stuart et Elsie repartirent vers leurs logements respectifs dans la voiture de Lady Hardwick.

— Cette soirée était grotesque ! s'indigna soudain Elsie.

— Vous trouvez ?

— Enfin, Stuart, nous n'avons rien appris, si ce n'est que Philip Blackstone use peut-être de l'hypnose.

— Pour ma part, je pense que nous avons bien progressé dans notre enquête. La personnalité de ce mage est très intéressante. Il est dominateur, imbu de sa personne, obsédé par le pouvoir qu'il a sur les autres et celui qu'il pourrait encore gagner. Il ne supporte pas d'être contré et son âme damnée, pour reprendre l'expression de Madame Lewis, me semble être le personnage qui manquait à notre histoire.

— Je vous demande pardon ?

— Ne trouvez-vous pas que cet Otto Neumann, ou quel que soit son nom, ferait un tueur enthousiaste ?

Elsie en resta sans voix. Elle n'avait prêté aucune attention à cet homme et son cousin le décrivait comme un tueur potentiel à envisager.

— Je ne l'ai pas remarqué, avoua-t-elle quelque peu désappointée.

— C'est parce que vous étiez dans le cercle d'évocation. Pour ma part, j'ai eu tout le loisir d'observer la salle et je peux vous assurer que ce bonhomme fait désormais partie de mes priorités. J'en parlerai dès demain à l'inspecteur Percival Montgomery.

La fin du voyage se fit dans le silence, chacun étant plongé dans ses propres pensées.

Lundi 8 juin 1891

E lsie arriva tôt à l'agence ce matin-là. Elle était certaine de trouver son cousin déjà au travail et fut satisfaite de constater qu'elle ne s'était pas trompée. En revanche, elle n'avait pas prévu que Percival Montgomery serait déjà présent lui aussi. L'inspecteur se leva pour la saluer d'un large sourire.

— Bonjour, Miss Worthington.

— Bonjour, Inspecteur Montgomery ! Avez-vous des renseignements intéressants à nous communiquer ?

— Je crois que notre affaire avance enfin de façon positive !

Percival avait l'air un peu plus détendu que lors de leurs précédentes entrevues et Elsie s'en réjouit. Si l'inspecteur était content de ses trouvailles, il ne pouvait en ressortir que du bon pour Sophia et les autres malheureuses injustement accusées. Elsie s'installa dans le fauteuil à côté de l'inspecteur en face de Stuart, qui leur servait une tasse de thé odorant. Son cousin appréciait de pouvoir offrir une tasse de ce délicieux breuvage à leurs visiteurs et il se faisait un devoir d'acquérir d'excellents thés dans les boutiques que lui conseillait Victoria.

— Qu'avez-vous découvert, Monsieur l'inspecteur ? demanda-t-il.

— Vous aviez raison. Le milieu ésotérique est le lien entre tous nos crimes. Toutes nos victimes, et je parle aussi bien des personnes assassinées que des prétendus meurtriers, ont assisté de près ou de loin à des réunions spirites, à des messes noires ou ont contribué au financement de sociétés ésotériques. Nous tenons enfin notre point commun ! Là où la piste devient vraiment intéressante, c'est lorsque l'on essaie de remonter le fil des dons. Toutes les associations, sociétés et autres institutions destinataires des dons ont disparu quelques jours après les paiements.

— De quelles sommes parlons-nous ? s'enquit Stuart.

— De peu de choses dans les premiers cas, mais les dons deviennent substantiels à partir de Miss Sophia Edwards.

— Ils rodent leurs techniques sur de pauvres gens, puis s'attaquent aux couches plus fortunées de la population… murmura Elsie.

Percival se tourna vers elle, étonné par tant de perspicacité.

— C'est ce que j'ai dit à Monsieur le *commissioner*.

— Qu'en a pensé Sir Edward Bradford ? demanda Stuart.

Il connaissait le *commissioner* du CID de réputation et s'intéressait à son opinion sur cette affaire.

— Il m'a demandé de creuser. Il est d'accord avec nous, l'affaire cache quelque sombre machination.

Stuart acquiesça avec lenteur. Si le *commissioner* se laissait convaincre par leur hypothèse, la partie allait devenir plus difficile à jouer pour les véritables tueurs.

— Reprenons depuis le début, réfléchit Stuart. Le premier meurtre que nous avons identifié est celui impliquant le jeune Garrett Carnaby. Quel lien avez-vous trouvé avec l'ésotérisme ?

Percival s'empara de son carnet et l'ouvrit à une page cornée.

— Sa sœur avait fait don de son salaire de la semaine à une association spirite intitulée « Les dons de l'Esprit saint », une semaine à peine avant d'être assassinée.

— Des traces de cette association ? demanda Elsie.

— Absolument aucune. Mais, lors de l'enquête de voisinage, j'ai trouvé une jeune fille qui travaillait avec elle et qui avait été très choquée par ce don dispendieux.

— Je comprends, dit Stuart. Une semaine de salaire permet de nourrir la famille. Qu'est-ce qui a pu pousser cette pauvre innocente à dépenser une telle somme ?

— Comme il ne reste plus personne pour nous le dire, je crains que nous ne le sachions jamais. Concernant la commerçante, lorsque je suis allé la voir, elle m'a avoué que son mari avait pioché dans la caisse du magasin pour payer un mage capable de faire fructifier son commerce. Bien évidemment, le mage a disparu et nous ne sommes pas parvenus à retrouver sa trace pour le moment.

Elsie déglutit. Entre une chose et une autre, elle avait oublié de rendre visite à la commerçante. *Heureusement, l'inspecteur a pallié ma défaillance...* Elle se reconcentra sur l'exposé de Percival qui poursuivait :

— Enfin, concernant la pauvre vieille dame accusée d'avoir tué sa cousine, il s'est avéré que le notaire en charge des successions s'est aperçu que des sommes importantes, au vu des ressources de ces deux dames, avaient disparu de leurs économies. Nul ne sait où cet argent a été dépensé, mais rien chez les deux dames ne pouvait laisser penser à une dépense anormale.

— Et pour Sophia ? s'inquiéta Elsie.

Depuis la veille au soir où Isadora lui avait reproché d'avoir abandonné son amie, la jeune détective ne parvenait pas à se libérer d'un sentiment de culpabilité fort désagréable.

— Concernant Miss Edwards, son père a vérifié les comptes de la famille, à ma demande, et s'est aperçu qu'il manquait près de 10 000 Livres Sterling sur les comptes de son épouse et de sa fille.

— Pardon ? s'étouffa Elsie. Mais c'est une fortune !

— Précisément. Je pense que cette somme est pour beaucoup dans la décision de Sir Bradford de m'accorder un peu de temps pour mon enquête. Concernant l'homicide d'hier, je n'ai rien trouvé pour le moment mais je pense que tôt ou tard un lien va apparaître.

Stuart et Elsie acquiescèrent d'un même mouvement. Si de telles sommes étaient en jeu, l'affaire ne se limitait plus à des meurtres sans queue ni tête, mais laissait présager une vaste escroquerie où l'assassinat n'était qu'un moyen de faire disparaître les témoins gênants.

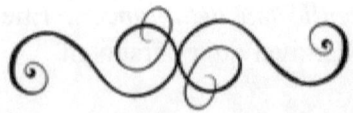

Chapitre 8

P ercival repartit de l'agence la tête pleine d'idées et de nouvelles pistes à explorer. Les deux détectives avaient raison. Ils devaient réexaminer chaque assassinat sous un angle différent. Non seulement chaque meurtre devait être envisagé comme une étape d'un enchaînement, mais encore comme un crime à part entière. En effet, à ce stade des investigations, nul ne savait si le tueur agissait seul ou en bande organisée, si le ou les tueurs avaient une motivation spéciale pour une succession d'homicides ou bien si cette série cachait un meurtre en particulier. Dans cette dernière hypothèse, Percival était du même avis qu'Elsie, le crime pivot était celui impliquant Sophia Edwards. Il n'existait aucun intérêt financier similaire dans les assassinats précédents. Percival pressa le pas vers Scotland Yard, décidé à creuser davantage dans la vie du père de Sophia.

◆ ◆ ◆

À la suite du départ de l'inspecteur, Elsie et Stuart avaient passé la fin de la matinée à débattre sur les différentes hypothèses à envisager dans leur affaire. Ils étaient convenus d'intégrer à leur réflexion le crime de la veille mais, d'après Percival, Alice Ferrers ne voulait se confier à personne, pas même à Elsie dont il avait proposé l'entremise. Il avait beau l'interroger, la jeune fille ne faisait que répéter qu'elle était innocente. D'après lui, elle était sincère et n'avait gardé aucun souvenir du soir fatidique. Elle était même incapable de dire à l'inspecteur ce que pouvait être cette poudre blanche qu'ils avaient retrouvée sur son visage. Malgré cette impasse face aux suspectes amnésiques, Percival avait bon espoir de faire avancer le dossier grâce à l'analyse de cette poudre. Le chimiste lui avait annoncé deux à trois jours de délai, peut-être moins s'il avait de la chance. Toutefois, ni l'inspecteur, ni les détectives n'étaient assurés de disposer de deux ou trois jours avant qu'un nouveau meurtre ne soit perpétré. Les trois alliés s'étaient réparti les tâches, Percival userait de ses pouvoirs de police pour accéder aux informations les plus sensibles, Stuart et Elsie profiteraient de leur liberté de détectives pour interroger des personnes sans lien actuel avec l'affaire qui les intéressait.

Elsie s'était octroyé la surveillance et l'interrogatoire informel de Lady Aurora Mansfield et de sa fille Lyane. La jeune détective n'était pas vraiment enchantée par cette perspective, mais elle devait admettre qu'elle était de très loin la mieux placée pour obtenir des réponses. Elsie avait donc fait porter sa carte en fin de matinée chez les deux femmes pour annoncer sa visite et se dirigeait d'un bon pas vers l'appartement dont elles disposaient à Londres. Comme le lui avait appris sa mère, la stricte Adélaïde, les visites dans le monde se faisaient entre quatre et six heures de l'après-midi, afin de se conformer aux usages. Souhaitant faire bonne impression, Elsie s'était contrainte à attendre et arriverait, selon ses calculs, à quatre heures pile chez ses informatrices involontaires.

Lorsqu'elle fut parvenue à destination, le majordome la fit entrer et la conduisit dans une petite salle d'attente où elle ne patienta que quelques minutes. Elsie fut un peu déconfite d'apprendre qu'elle n'était pas la première visiteuse et qu'elle devrait partager le temps de Lady Aurora et celui de son honorable fille avec deux messieurs qui étaient arrivés une demi-heure plus tôt. *Une visite à trois heures et demie ? Ce ne sont pas des gentlemen !* Elsie n'eut guère le temps de songer que cette réflexion la rapprochait fort de sa mère, qu'elle fut saisie de confusion. Les deux hommes n'étaient certes pas des gentlemen... Philip Blackstone et Otto Neumann l'accueillirent avec la même froideur que Lady Aurora et sa fille. Selon toute vraisemblance, sa visite était peu opportune... Pourtant, comme Elsie avait respecté les règles de savoir-vivre, les deux femmes durent lui faire un accueil convenable et l'invitèrent à s'asseoir dans le petit salon en leur compagnie.

Par son arrivée, Elsie avait sans aucun doute possible mis fin à une conversation beaucoup plus intéressante que celle qui les occupait désormais. Si Lady Aurora faisait bonne figure, sa fille se montrait moins aimable. *Ne me regarde pas comme cela, jeune idiote, je te sauve peut-être la vie !* Elsie reporta son attention sur le mage et fut surprise de constater qu'il la dévisageait sans vergogne. Les paroles d'Isadora lui revinrent à l'esprit et elle détourna les yeux afin d'éviter de tomber sous l'emprise de l'hypnotiseur. Elsie se pensait moins réceptive à l'hypnose qu'Isadora ne l'était, mais savait-on jamais avec ce genre de pratique ? Elle observa du coin de l'œil Otto Neumann et s'aperçut qu'il ne prenait guère plaisir à cette conversation mondaine. L'homme semblait s'ennuyer au plus haut point et ne cherchait même pas à le cacher. Comme le sujet du temps à Londres à cette époque de l'année n'intéressait guère Elsie, il ne lui restait plus qu'à mettre un coup de bâton dans le nid de guêpes afin de voir ce qu'il en ressortirait.

— Qu'avez-vous pensé de la formidable performance de Madame Lewis hier soir ? intervint-elle soudain.

Les deux femmes en restèrent bouche bée. Otto Neumann sembla la remarquer à peine à cet instant, alors que Philip Blackstone sourit avec une étonnante chaleur.

— Tout le mérite ne revient pas à Madame Lewis. Je suis un peu responsable de cette évocation, moi aussi.

Jaloux…

— L'esprit qui est intervenu hier soir a tout de même choisi de prendre corps dans Madame Lewis, répondit-elle avec un large sourire.

Otto blêmit. Il n'aimait pas que l'on réponde à son maître. *Son âme damnée ? Je commence à croire qu'Isadora n'a pas tout à fait tort sur ce personnage.*

— Bien évidemment. Pour ma part, je domine suffisamment les esprits pour les empêcher de s'incorporer en moi lorsque je ne le souhaite pas.

C'est une façon de voir les choses. Pour ma part, je dois être une grande magicienne sans le savoir puisque aucun esprit ne s'est jamais présenté à moi…

— Je n'avais pas vu les choses sous cet angle. Ainsi, ce serait par manque de pouvoir et de capacités spirites que Madame Lewis aurait reçu cette étrange visite ?

— Assurément, trancha le mage. Les pouvoirs spirites sont une science difficile à dominer. Il faut une grande capacité psychique pour résister aux flots des esprits nous entourant et ne pas se laisser dominer par eux. Pour ma part, j'ai atteint un niveau de maîtrise suffisant pour ne plus être soumis à ce genre d'aléas. Les incorporations involontaires sont pour le moins désagréables et ont tendance, comme nous l'avons constaté hier soir, à vider le médium de tout son fluide vital. Je pense que notre malheureuse Madame Lewis va mettre plusieurs jours à se relever de cet incident. Je dois avouer que j'ai été un peu négligent dans l'organisation du cercle. Avec mes pouvoirs, j'ai tendance à attirer des esprits puissants et dominateurs. J'aurais dû savoir que Madame Lewis ne pourrait pas résister aux assauts de tels esprits.

— Vous oubliez que tous les médiums ne sont pas dotés de la même puissance que la vôtre, cher Maître, minauda Lady Aurora.

Elsie ne savait plus si elle devait répondre ou se contenter d'écouter. En fait, les seules phrases qui lui venaient à l'esprit étaient acerbes, moqueuses voire méchantes. Elle décida de se taire.

— Toutefois, reprit Lady Aurora, je trouve que Madame Lewis est une femme de bon conseil et fort savante en matière de spiritisme.

— Assurément, ma chère Aurora, reprit Philip Blackstone non sans faire rosir de plaisir leur hôtesse. Madame Lewis est une femme très compétente. C'est pour cette raison que je l'ai intégrée au cercle d'évocation hier. Vous n'êtes pas sans avoir remarqué que plusieurs esprits sceptiques s'étaient glissés dans le cercle extérieur, ce qui perturbait le fluide spirite que nous tentions de canaliser pour évoquer les esprits. Quand je me suis aperçu que l'assemblée d'hier soir n'avait pas été choisie comme il l'aurait fallu, j'ai préféré introduire dans le cercle un autre médium de qualité afin d'égaliser les forces. Avec Madame Lewis, j'étais certain que nous pourrions obtenir un résultat qui ferait taire les incrédules et c'est ce que nous sommes parvenus à faire.

— Quels esprits sceptiques ? questionna Elsie.

Philip Blackstone se retourna vers elle tel un aspic.

— Vous, par exemple. Depuis que vous êtes entrée dans cette pièce, je sens que mon fluide est perturbé, ce qui ne m'arrive pas souvent. Depuis le temps, je suis habitué au scepticisme et aux railleries, mais je dois avouer qu'avec un esprit fort comme le vôtre, même mon pouvoir s'en trouve affecté ! Je me demande pourquoi cette pauvre Madame Lewis a demandé que vous la raccompagniez chez elle. Je pense qu'avec votre négativité, vous lui avez plus porté préjudice que toute autre personne de l'assemblée. Cependant, je ne veux pas rejeter la faute sur Madame Lewis car je sais dans quel état de trouble et de confusion l'on sort d'une incorporation involontaire.

Elsie en fut stupéfaite. *Je dois vraiment avoir interrompu une conversation d'importance pour me retrouver en butte à une telle hostilité.*

— Je ne vous permets pas ! Je m'entends fort bien avec Madame Lewis et je ne pense pas lui avoir porté préjudice à un quelconque moment.

— C'est parce que vous n'y entendez rien ! Il est rare de rencontrer des personnes avec aussi peu de dons que vous. Sur ce point au moins, vous n'êtes pas coupable. Chacun vient au monde avec un certain potentiel qu'il se doit, au cours de sa vie, de porter au maximum de sa capacité. Pour votre part, vos capacités sont très limitées. Toutefois, le mauvais esprit que vous démontrez envers les arts spirites ne vous porte pas à développer votre misérable don, mais plutôt à étouffer la pauvre part qui vous a été attribuée. D'ailleurs, je sens que votre mauvaise influence épuise mon fluide. Aussi, avec votre autorisation, ma chère Aurora, vais-je me retirer et je vous rendrai visite ultérieurement.

— Il n'en est pas question !

La réponse de Lady Aurora avait claqué comme un coup de cravache.

— Puisque vous perturbez le don de Monsieur Blackstone, je vous prie de bien vouloir mettre fin à votre visite, Miss Worthington.

Elsie observa son hôtesse d'un œil neuf. Elle n'avait pas pensé jusqu'alors que l'influence du mage sur cette femme pouvait être aussi importante. Son regard glissa vers Lyane qui semblait enfin satisfaite d'un élément de la conversation. Très digne, Elsie se leva, salua les quatre personnages et sortit sans un mot. *Tu vas voir ce que je vais faire de mon misérable don…*

◆ ◆ ◆

Stuart avait eu un peu moins de peine à trouver un fiacre pour le conduire au cœur de Whitechapel en plein jour que lorsqu'il avait fait la même demande en pleine nuit. Néanmoins, l'homme refusa de l'attendre et repartit aussitôt son client déposé. De jour, le quartier était vivant, beaucoup plus vivant que de nuit, voire un peu trop vivant. Stuart songea qu'il allait devoir prendre garde à ses poches, s'il ne voulait pas être dépouillé en moins de temps qu'il n'en fallait pour le dire. Toutefois, habitué à ce genre de coupe-gorge, Stuart souriait et saluait les pires gredins qu'il croisait, ce qui avait pour effet de les déstabiliser. Ils étaient peu confrontés à des gentlemen déambulant, un large sourire ancré sur le visage avec une canne pour seule compagnie, dans l'un des quartiers les moins bien famés de Londres. Soit l'homme était fou, soit il n'avait pas peur, ce qui pouvait être pire. Stuart rejoignit sans encombre l'église où il espérait retrouver le père O'Brien.

Lorsqu'il entra dans l'édifice, il fut frappé par la beauté des vitraux multicolores qui diffusaient une atmosphère douce et chaleureuse dans le lieu. Il se dirigea vers le bénitier, où il plongea le bout des doigts et se signa avant de voir le père O'Brien s'approcher de lui. L'homme avait l'air plus vif que lorsque le détective avait troublé son repos, deux nuits auparavant.

— Bonjour mon fils, vous voilà déjà de retour.

Il ne s'agissait pas d'une question mais d'une affirmation. Stuart salua le prêtre avec chaleur.

— Je souhaiterais m'entretenir avec vous de détails confidentiels, mon père.

Le père O'Brien parut surpris, puis fit signe à Stuart de le suivre dans la sacristie. La voûte y était un peu plus basse et les deux hommes y trouvèrent deux chaises pour les accueillir.

— Asseyez-vous, mon fils. De quoi voulez-vous me parler ?

Stuart massait sa jambe qui le rappelait à l'ordre alors qu'il lui offrait un peu de repos. Le père O'Brien attendait avec patience, habitué aux confessions difficiles.

— Que savez-vous de l'implantation de l'ésotérisme dans votre paroisse, mon père ?

L'ecclésiastique fut étonné.

— Les sociétés ésotériques ? J'ignorais même que ce genre d'activités avait prospéré dans ce quartier. Il me semblait que ces fantaisies étaient plus réservées à des cercles privilégiés qu'à mes ouailles. Pourquoi me posez-vous cette question ?

— Parce qu'il s'avère que le point commun entre les crimes qui me préoccupent se trouve être l'ésotérisme et la pratique des arts occultes.

Le père O'Brien s'adossa davantage contre le dossier de sa chaise. La perplexité se lisait sur son visage.

— Pas le jeune Garrett Carnaby, tout de même ?

— Malheureusement si, mon père, dit Stuart en sortant son carnet de sa poche intérieure. L'inspecteur Percival Montgomery a retrouvé la trace d'une donation très importante de sa jeune sœur à une association spirite intitulée « Les dons de l'Esprit saint ». Cette jeune fille leur a offert une semaine de son salaire.

Le prêtre blêmit. C'était un brave homme, scrupuleux à veiller sur les âmes que Dieu lui avait confiées et il découvrait que le Malin s'était joué de lui.

— Le Diable est partout dans ce pauvre monde... Je ne savais rien de cette association mais je vais chercher...

— Inutile, l'association a été dissoute. L'inspecteur en charge de cette affaire a découvert qu'avant chaque homicide un don substantiel, relativement aux capacités financières des victimes, avait été fait à une association ou un groupement ésotérique, qui a disparu juste après.

— Tous ces meurtres sont-ils liés ?

— Pour le moment, nous l'ignorons mais nous le supposons de plus en plus. Nous avons soit affaire à un tueur solitaire qui choisit ses victimes sur leur crédulité et leur capacité à lui faire confiance, soit à plusieurs individus qui manipulent tour à tour des innocents pour les amener à leur faire un don très important, ce qui les désigne dans le même temps comme la future victime d'un assassinat. D'après l'inspecteur Montgomery, les dons ont toujours été faits par ceux qui ont été assassinés.

— Ils effacent leurs traces.

— C'est aussi ce que nous pensons.

— Je n'ai jamais entendu parler de cette association « Les dons de l'Esprit saint », ni d'une autre association ou groupement ou société ésotérique quelconque. Mes paroissiens sont des gens simples, pauvres mais honnêtes. Ils subissent déjà les affres d'une vie de misère et ne souhaitent pas être damnés dans l'autre vie.

— L'autre vie ?

Le père O'Brien sourit à Stuart.

— Êtes-vous croyant, mon fils ?

Stuart se redressa sur sa chaise, un peu mal à l'aise.

— Pas vraiment, mon père. J'ai reçu une éducation anglicane, mais les horreurs de la guerre m'ont détourné de Dieu.

Le prêtre sourit avec bienveillance.

— Je comprends, mon fils. Pour ma part, comme vous le savez, je suis catholique, ce qui offre quelques variantes par rapport à la religion que vous connaissez. Toutefois, je pense que le début du « Symbole dit de Nicée-Constantinople » pourrait vous intéresser.

— Je vous demande pardon ?

Le père O'Brien avait déjà commencé à réciter :

« Je crois en un seul Dieu,
Le Père Tout-Puissant,
Créateur du ciel et de la terre,
De l'univers visible et invisible ».

Stuart ne pouvait en croire ses oreilles. Avait-il bien entendu ? *Créateur de l'univers visible et invisible ?*

« Je crois en un seul Seigneur, Jésus-Christ
Le Fils unique de Dieu,
Né du Père avant tous les siècles.
Il est Dieu, né de Dieu,
Lumière, né de la Lumière,
Vrai Dieu, né du vrai Dieu,
Engendré, non pas créé,

De même nature que le Père,
Et par Lui tout a été fait ».

Stuart n'entendit pas la suite de la prière, mais la litanie du père O'Brien soutint sa réflexion. *Le monde invisible ? La lumière ?* Le prêtre acheva sa prière et se signa.

— Pardonnez-moi, mon père, mais je ne comprends pas. Croyez-vous en l'immortalité de l'âme ? Pensez-vous qu'un monde invisible existe ? Que la lumière affronte les ténèbres ?

— Bien sûr, mon fils. La Bible ne parle que de cela et de l'amour infini de Dieu.

— Mais le monde est mauvais ! L'homme est mauvais !

— Le monde a été perverti par Satan et l'homme est tiraillé entre les deux extrêmes, la lumière et les ténèbres. Le combat des armées de Dieu contre les armées du Mal est réel, mon fils. Nous devons tous choisir notre camp.

Les paroles d'Isadora résonnèrent en Stuart. *Je suis avec vous. J'ai choisi la lumière.*

— Suis-je dans la lumière ?

Stuart s'était plus parlé à lui-même qu'au père O'Brien, mais ce dernier lui répondit.

— Vous combattez les ténèbres, mon fils. Vous êtes par conséquent un guerrier de lumière.

Le père O'Brien souriait paisiblement. *Un guerrier de lumière ? Est-ce cela le message que l'esprit a voulu me faire passer ? Que je ne pourrai résoudre cette affaire que lorsque j'accepterai ce que je suis ?*

— Existe-t-il des esprits maléfiques ?

— Oui. Tout comme il y a des esprits bénéfiques.

— Existe-t-il des esprits tueurs ?

Le prêtre observa avec attention Stuart. La question ne lassait pas de le surprendre.

— Les esprits tuent moins que les vivants, mon fils.

— Et si je suis confronté à un esprit maléfique, que dois-je faire pour le combattre ?

— Combattre un esprit maléfique ? Dans quel contexte ? Si vous me parlez d'exorcisme, je vous déconseille de lutter seul contre ce genre de possession démoniaque.

— Non, il ne s'agit pas d'exorcisme, mais se pourrait-il qu'un esprit maléfique prenne possession du corps d'un être humain contre sa volonté ?

L'ecclésiastique reprit son observation de Stuart avec une touche de confusion cette fois-ci.

— Il s'agit précisément d'exorcisme. À quoi songez-vous, mon fils ?

Stuart raconta tout au père O'Brien. Isadora, le nécromancien, la peur de la médium, la réunion spirite, l'incorporation involontaire… Le prêtre écoutait avec attention, hochant la tête de temps à autre. Puis, quand Stuart se tut, il se leva sans un mot et ouvrit le tiroir d'une commode non loin d'eux dans la sacristie. Il en sortit une médaille au bout d'une courte chaîne et la tendit à Stuart avec le texte d'une prière. Stuart observa l'objet métallique un instant. D'un côté, une longue silhouette auréolée le contemplait dans un cercle d'écriture, de l'autre côté, une croix étrange marquée de lettres le laissait pensif.

— Qu'est-ce que c'est ?

— La médaille-croix de saint Benoît. Les Bénédictins combattent les ténèbres avec cette médaille depuis plusieurs siècles. Sur l'avers, elle représente le saint entouré des symboles de sa victoire sur le Mal : la coupe de poison qui se brisa lorsqu'il fit le signe de croix sur elle et le corbeau qui lui avait apporté un pain empoisonné. Autour de saint Benoît, vous pouvez lire l'inscription *Eius in obitu nostro præsentia muniamur*, ce qui signifie : *Qu'à l'heure de notre mort nous soyons protégés par sa présence !* Saint Benoît est associé à une bonne mort, une mort paisible et sans douleur.

— J'aurais aimé qu'il nous accompagne davantage sur les champs de bataille, intervint Stuart avec dépit.

— Les forces obscures sont puissantes sur les lieux de massacre, mais la lumière de Dieu est toujours présente.

Les anges gardiens veillent sur les hommes et leur dispensent sans compter leur lumière afin qu'ils demeurent, même au cœur des ténèbres, sur le chemin du Christ.

Stuart resta abattu un moment. Repenser à ses années de guerre le plongeait toujours dans une apathie douloureuse. Une main le saisit à l'épaule.

— Ressaisissez-vous, mon fils. Vous n'êtes pas ici par hasard, mais pour apprendre. Vous me demandiez ce que vous pourriez faire en présence d'un esprit infernal ? Si vous en rencontrez un, combattez-le ! Les anges seront à vos côtés. Pour en revenir à la médaille, je vous disais que l'avers est puissant et redouté par les forces du mal car il leur rappelle leur double défaite face au saint. Toutefois, le revers est de loin le plus fort des deux.

Stuart tourna sa médaille et contempla un instant une croix cerclée imprimée de lettres latines. Seul le mot « Pax » en haut de la croix faisait sens pour lui. Le reste des inscriptions demeurait en revanche un mystère. *Un mystère de plus dans cette histoire...* Le père O'Brien se rassit sur la chaise en face de Stuart et se fit un devoir de lui montrer tour à tour toutes les lettres de la médaille.

— Utilisée avec foi et dévotion, avec humilité et courage, cette croix est un moyen puissant pour écarter les forces obscures. Vous devrez apprendre cette prière et la réciter dans cet ordre : tout d'abord, aux angles de la croix, CSPB, *Crux Sancti Patris Benedicti, La Croix du saint Père Benoît* ; puis la ligne verticale, CSSML *Crux Sacra Sit Mihi Lux, Que la sainte Croix soit ma lumière* ; ensuite, sur la ligne horizontale, NDSMD, *Non Draco Sit Mihi Dux, Que le dragon ne soit pas mon chef* ; enfin, autour de la médaille se trouve la plus longue inscription : VRS. NSMV. SMQL. IVB., *Vade Retro Satana, Nunquam Suade Mihi Vana, Sunt Mala Quæ Libas, Ipse Venena Bibas, Va ! Arrière Satan ! Ne m'inspire pas des choses vaines ! Elles sont mauvaises les choses que tu verses ! Bois toi-même tes poisons !*

Stuart observait le texte de la prière et la médaille en alternance. Il retrouvait sur la croix les initiales de la prière.

— Que symbolise PAX ?

— PAX est le mot latin pour la « paix » et c'est aussi la devise bénédictine. Apprenez la prière par cœur et en latin, en ayant conscience du sens de ce que vous réciterez.

— En latin ? s'étonna Stuart.

— Les démons ont horreur du latin, précisa le père O'Brien en souriant. Cela fait des siècles que nous les combattons avec cette langue ! Dites cette prière en conscience et avec foi à chaque fois que vous sentirez le mal roder. Et si vous devez chasser un démon d'un corps ou d'un lieu, prenez votre médaille en main et récitez votre prière autant de fois qu'il sera nécessaire pour chasser cette créature infernale. C'est un combat de volonté ! Il faut vouloir chasser le démon davantage que lui ne veut rester.

Stuart se leva, observa la médaille, puis la passa autour de son cou, la croix de saint Benoît contre sa peau, la représentation du saint homme vers l'extérieur.

— J'ai béni cette médaille. Tant que vous la porterez dans un esprit de foi, de piété, de dévotion et respect, elle vous protégera.

— Mais je ne suis pas catholique, mon père…

— Pensez-vous que Dieu s'intéresse à ce genre de détails ?

Stuart fut surpris et sourit.

— Vous êtes un étrange ecclésiastique…

— Je combats Satan depuis trop longtemps pour m'attacher à des différences religieuses. Peu importe votre religion, votre façon d'honorer le Tout-Puissant, le nom ou la forme que vous lui donnez, si vous combattez le mal, vous êtes dans mon camp.

Stuart sourit et serra la main du prêtre.

— Cela faisait longtemps que je n'avais pas eu un frère d'armes.

— C'est parce que vous ne les voyez plus. Pour ma part, je vois des frères et même quelques sœurs d'armes autour de vous.

Il a raison… J'ai arrêté de regarder. Les deux hommes se sourirent et se séparèrent.

Chapitre 9

Quand le bobby entra dans la pièce sans lumière, il sut. Il connaissait cette odeur. Cette senteur douceâtre et métallique qui n'était pas encore une puanteur mais qui vous saisissait le nez et la gorge aussi sûrement qu'un étrangleur. Il avança dans la pièce et sa chaussure colla à une matière gluante qu'il devinait trop. Il recula. De toute façon, des cris précédaient l'arrivée des membres du CID. Il reconnut au premier coup d'œil l'inspecteur Percival Montgomery. L'homme avait peut-être la réputation d'être un arriviste, mais il était toujours en première ligne. Le bobby reflua dans le couloir, laissant la place à l'inspecteur muni d'une lampe-tempête.

— Nom de Dieu mais ce n'est pas possible !

Un sergent, entré à la suite de Percival, eut un violent hoquet. Il était encore un peu jeune pour le CID.

— Regardez, Inspecteur Montgomery, sur le mur !

Le bobby dans le couloir ne put refréner sa curiosité. Il entra et regarda le mur. Devant, Percival éclairait de sa lampe-tempête un grand « 6 » sanguinolent au-dessus du corps déchiqueté d'un vieillard.

— Demandez l'édition spéciale ! Le diable est de retour à Londres ! Demandez l'édition spéciale ! Tous les détails sur les meurtres du « 6 » !

Le gamin braillait à s'en arracher les cordes vocales. La pile des journaux à côté de lui se réduisait à vue d'œil. Stuart donna une pièce au garçon et, comme les autres Londoniens qui se pressaient autour de lui, il commença à lire la première page :

> *« Le diable est de retour à Londres !*
> *Cette nuit, trois malheureux ont été assassinés dans différents quartiers de Londres. Malgré nos demandes, la police a refusé de communiquer l'identité des victimes. Toutefois, notre reporter a obtenu une confirmation : au-dessus de chacun des corps suppliciés, un grand « 6 » a été dessiné sur le mur le plus proche. La référence au chiffre de la Bête est évidente. Ce message diabolique n'est pas sans rappeler un épisode tragique de l'histoire criminelle récente de Londres : Jack l'Éventreur aimait, lui aussi, à envoyer à la police des messages écrits avec le sang de ses victimes. Une question s'impose : Sommes-nous confrontés au retour de l'Éventreur ? »*

Stuart referma le journal d'un geste sec. Depuis sa dernière visite au père O'Brien, Elsie et lui avaient poursuivi leurs investigations sans obtenir de réels résultats. L'inspecteur Montgomery ne parvenait pas plus à démêler les fils de l'écheveau et avait de plus en plus de difficultés à convaincre sa hiérarchie de la nécessité de poursuivre les enquêtes. Ce triple meurtre mêlant sauvagerie et ésotérisme allait permettre aux sceptiques d'exiger que l'ensemble des inspecteurs du CID concentrassent leurs forces sur cette nouvelle énigme. Il devait s'entretenir avec Percival au plus vite pour obtenir les résultats de l'analyse de cette maudite poudre blanche. Puis, il appellerait William Baylen au *Pall Mall Gazette*, afin de savoir si ses contacts lui avaient répondu. Stuart s'enfonça dans la foule londonienne, pour son plus grand déplaisir.

◆ ◆ ◆

E lsie lisait tous les journaux qu'elle avait pu trouver. Dire qu'un vent de panique soufflait sur Londres était un doux euphémisme. La presse se déchaînait tour à tour contre la police qui ne confiait aucun détail de l'enquête, contre le gouvernement qui ne prenait pas les mesures nécessaires à la sécurité des Londoniens, contre la reine qui restait une fois de plus recluse en son palais. Au fil des articles, Elsie avait pu glaner çà et là quelques détails intéressants. De prime abord, ces trois crimes n'étaient pas liés à leur affaire. Le procédé meurtrier était trop différent du cycle d'assassinats sur lequel ils enquêtaient. Néanmoins, l'instinct d'Elsie lui disait qu'il était pour le moins curieux que Londres abritât au même moment deux criminels ou bandes de criminels d'un tel acabit. Quelque chose lui disait que ce triple meurtre du « 6 » survenait un peu trop opportunément pour détourner l'attention des enquêteurs des tueurs amnésiques.

D'après les journalistes, les victimes étaient deux hommes d'âge vénérable et une veuve d'une soixantaine d'années. *Des proies faciles.* Comment ces meurtres pouvaient-ils être liés aux précédents ? *Réfléchis, Elsie. Si tu étais Philip Blackstone et que tu devais éloigner les soupçons de toi, comment t'y prendrais-tu ?* La jeune détective était certaine d'une chose : Philip Blackstone était impliqué d'une façon ou d'une autre dans l'affaire qui l'intéressait. Restait à savoir comment le mage parvenait à isoler ses deux victimes, à en assassiner une pendant que l'autre était inconsciente et à ressortir sans être vu par âme qui vive.

Quelques jours auparavant, Stuart avait été très contrarié lorsque Percival lui avait expliqué que l'analyse de la poudre blanche trouvée sur la dernière prétendue meurtrière avait été reportée *sine die* comme étant non prioritaire. Selon le détective, cette poudre ne pouvait être qu'une drogue puissante permettant aux assassins d'accomplir leur ouvrage en silence, puis de repartir des lieux du crime sans aucun témoin. Pourtant, il manquait une pièce au raisonnement de Stuart car il ignorait encore comment expliquer l'extraordinaire discrétion du ou des meurtriers. En effet, Percival et lui avaient eu beau interroger toutes les maisonnées aux alentours des lieux des assassinats, personne n'avait vu quoi que ce fût.

Pour sa part, Elsie voulait bien croire son cousin sur parole concernant le « comment » des meurtres. Cependant, elle était plus intéressée par le « pourquoi ». Elle se doutait que l'argent versé aux diverses associations et cercles spirites entrait en ligne de compte mais, malgré ses recherches, elle n'était pas parvenue à retrouver la trace de ceux qui avaient créé puis supprimé ces entités administratives. Sans ce lien, il était difficile de relier Philip Blackstone aux victimes des tueurs amnésiques. Malheureusement, une fois encore, Percival s'était heurté à un mur. Les comptes bancaires officiels du mage ne faisaient état d'aucun crédit inexplicable. Quant à savoir si le nécromancien disposait de comptes bancaires à l'étranger ou sous une autre identité, pour le moment, rien ne transparaissait.

La jeune femme replia avec soin les journaux et les empila sur le bureau de Stuart. Son cousin les lirait quand il rentrerait de ses pérégrinations. Pour sa part, elle savait à qui elle allait rendre visite de ce pas et, cette fois-ci, elle allait obtenir des réponses.

◆ ◆ ◆

L e reporter était d'une étonnante prudence. Quand Stuart l'avait appelé, William Baylen lui avait donné rendez-vous sans tarder dans *Regent's Park*. Ce lieu convenait au détective qui, pour une fois, n'avait pas besoin de traverser la ville. Malgré tout, Stuart ne manquait pas d'être surpris. Ce parc fort visité n'était pas l'endroit le plus discret de Londres. Tout en marchant, il se demandait si le journaliste ne s'était pas tout simplement débarrassé de lui en l'éloignant des locaux du journal. Lorsque le détective parvint au lieu de rendez-vous, il fut soulagé de constater que le petit homme aux larges lorgnons l'attendait.

— Bonjour, Monsieur Baylen, commença Stuart en touchant le bord de son chapeau.

— Bonjour, Monsieur Spencer. On peut dire que vous êtes un drôle de spécimen !

Stuart fut un peu froissé par le manque de courtoisie du reporter.

— Je vous demande pardon ? osa-t-il sans parvenir à contenir une touche d'indignation.

— Ne faites pas cette tête, l'ami. Il est rare que je collabore avec quelqu'un qui me fournisse un tel tuyau !

Stuart se détendit. Le reporter avait des renseignements à lui fournir.

— Vous avez obtenu des informations intéressantes ?

— Ça, on peut le dire ! Venez, nous allons marcher ! Je ne tiens pas à ce que nos petits secrets s'ébruitent.

Les deux hommes s'engagèrent sur l'une des allées du parc, comme l'auraient fait de vieux amis en promenade.

— Mes contacts ont mis du temps à réagir et je dois vous avouer qu'au début, je me suis demandé si vous ne vous étiez pas moqué de moi. Puis, les réponses ont commencé à arriver de Birmingham et de Southampton et, là, j'ai compris que vous étiez un bon ! Un privé de premier ordre !

Baylen jubilait. Il avait un sujet extraordinaire entre les mains et, tel un enfant devant une devanture de confiseurs, il trépignait d'impatience de pouvoir laisser libre cours à sa gourmandise. Stuart demeurait silencieux, sachant d'expérience qu'une question de sa part ne ferait que retarder le moment de la délivrance de l'information.

— Mes correspondants m'ont rapporté, preuves à l'appui, que des meurtres aussi étranges que ceux sur lesquels vous enquêtez ont été commis dans deux autres villes. Les plus anciens sont ceux de Southampton. Ils datent d'il y a quatre ans. Deux femmes et un homme ont été assassinés par leurs conjoints respectifs, qui ont été retrouvés ivres morts à côté des cadavres sans aucun souvenir de la soirée précédente. Les trois crimes se sont déroulés en moins de six mois et, au moment où la police commençait à faire le lien entre les affaires, plus aucun assassinat dans le même genre n'a été perpétré.

Stuart acquiesça d'un signe de tête. *Il a changé de ville.*

— Se passent quelques mois, poursuivit le journaliste, et la série reprend à Birmingham. Sur quatre mois, deux femmes et deux hommes sont assassinés. Seulement, dans ce cas, les meurtriers ne sont plus ivres morts, mais ils sont toujours amnésiques et incapables de se souvenir de ce qui s'est passé. De nouveau, une accalmie, puis les meurtres reprennent à Londres, comme vous le savez.

— Il a perfectionné son art avant de venir à la capitale.

— C'est aussi ce que je me suis dit. Il débarque d'on ne sait où à Southampton, commence son petit commerce, puis quitte la ville portuaire pour s'enfoncer dans les terres, il rejoint Birmingham, améliore sa technique et, une fois qu'il se sent prêt, il s'attaque à Londres. Un sujet formidable, je vous dis ! Mes correspondants m'ont envoyé deux exemplaires des journaux où les crimes sont relatés. J'en garde un et je vous cède l'autre.

— C'est très aimable à vous, remercia Stuart un peu surpris.

— À charge de revanche, l'ami ! Je veux en être quand vous allez mettre la main sur ce spécimen ! Il ne doit pas être commun le bonhomme !

Stuart se saisit de la liasse de journaux que lui tendait le journaliste. *Pas commun ? C'est le moins que l'on puisse dire...* Le détective salua son nouvel « ami » et s'éloigna.

— N'oubliez pas, Spencer, dans deux jours, je publie tout ce que j'ai !

Stuart acquiesça d'un signe de tête. *Deux jours...* Était-ce suffisant ?

◆ ◆ ◆

Quand Monsieur Philby, l'assistant de Maître Lawrence Dwight, vit Elsie à la porte, il ne put cacher un mouvement d'exaspération. Il n'appréciait pas plus que son employeur l'opiniâtreté de la détective.

— Que pouvons-nous faire pour vous aider aujourd'hui ? dit-il d'un ton pincé.

— Me dire qui hérite de Madame Edwards, par exemple, dit-elle assez fort pour être entendue des quelques clients patientant dans la salle d'attente.

Le juriste eut un sursaut catastrophé. La confidentialité n'était pas une option dans son métier. En outre, Maître Lawrence Dwight préférait que son lien avec la famille Edwards, désormais de si mauvaise réputation, soit aussi peu connu que possible. L'assistant entraîna Elsie à l'écart afin qu'elle ne puisse pas compromettre davantage le cabinet. Il referma la porte de son bureau derrière eux.

— Je vous prierai de faire preuve de plus de discrétion à l'avenir.

— Pour ma part, Monsieur Philby, je vous prierai de me donner les renseignements que je vous demande sans que je sois obligée de revenir à plusieurs reprises à cause de votre résistance.

— Je ne vois pas du tout à quoi vous faites allusion.

— Comme je vous l'ai déjà dit, au testament de Madame Edwards. Je dois savoir quelles sont les dispositions testamentaires précises qu'il contient.

L'homme regarda Elsie comme si elle était la plus idiote des femmes, ce qui n'était pas peu dire dans son esprit.

— Nous avons déjà répondu à cette question. Miss Sophia Edwards hérite de tout.

— Certes, je le sais. En revanche, vous ne m'avez pas dit ce qu'il adviendrait de cet héritage si Miss Edwards venait elle aussi à disparaître.

L'assistant prit un air pincé. Elsie songea que ses questions devaient avoir un goût de citron pourri pour son interlocuteur.

— Dans une telle hypothèse, Monsieur Edwards hériterait de sa fille.

Elsie jeta un regard mauvais au juriste.

— Je vous félicite pour votre extraordinaire mémoire. Il est tout de même formidable qu'avec le nombre de dossiers que vous gérez dans ce cabinet, vous vous souveniez de l'ensemble des dispositions d'un testament en particulier. À moins que quelqu'un d'autre ne vous ait posé la question auparavant…

Elsie tentait son va-tout.

— Comment osez-vous ? s'emporta Monsieur Philby. Lorsque cette terrible affaire est survenue, nous avons ressorti le testament de cette pauvre femme afin d'en relire le contenu.

— Et, vous vous êtes gardés de me communiquer cette information primordiale. Compte tenu du fait que le père de Sophia héritera de sa fille, après qu'elle-même a hérité de sa mère, cela donne un mobile d'importance à Monsieur Edwards de faire assassiner son épouse tout en faisant accuser sa fille.

— C'est ridicule ! Monsieur Edwards est la probité même.

— Alors, dites-moi à qui vous avez communiqué cette information ?

L'homme verdit et sembla avoir avalé un panier de citrons pourris !

— Je n'ai pas à répondre à de telles accusations.

130

— C'est vrai. En revanche, si vous ne souhaitez pas me répondre, je parlerai de notre intéressante conversation à l'inspecteur Percival Montgomery du CID afin qu'il vous convoque à Scotland Yard pour faire connaissance avec vous. Vous verrez, les salles d'interrogatoire sont charmantes.

L'homme parut déstabilisé. Il ne parvenait pas à savoir si Elsie était sérieuse ou si elle tentait de le duper. Toutefois, le large sourire que lui opposait cette épouvantable bonne femme ne laissait rien présager de bon.

— Puis-je emprunter votre téléphone ? demanda soudain Elsie.

— Certainement pas !

Elsie eut une moue indifférente. Elle haussa les épaules, fit demi-tour et posait la main sur la poignée de la porte, quand l'homme lui dit :

— Si je vous donne cette information, elle restera entre nous n'est-ce pas ?

— Cela dépendra de la qualité de l'information, trancha-t-elle en se retournant.

L'assistant ne semblait plus au mieux de sa forme.

— Monsieur Edwards est venu nous demander si sa femme lui avait laissé quelque subside en propre.

— Vous devez plaisanter. Je ne veux pas savoir qui vous a demandé des renseignements après le meurtre, je veux savoir qui s'est renseigné avant le meurtre !

L'homme restait muet mais, à sa mine, Elsie était persuadée que quelqu'un s'était bel et bien informé avant l'assassinat de Madame Edwards. Ce qui n'avait été qu'une intuition se révélait être la meilleure piste qu'elle ait eue depuis le début de son enquête. Elle enfonça sa main droite dans sa poche.

— Qui ! tonna-t-elle.

— Une dame.

— Pardon ? Je n'ai pas compris son nom.

— Je ne sais pas son nom !

Elsie regarda l'homme avec dégoût.

— Je croyais que la confidentialité était importante dans vos métiers. Combien vous a-t-elle payé pour ce renseignement ?

Monsieur Philby déglutit. Il avait l'air perdu puis une lueur sinistre traversa son regard. Il se jeta en avant, saisissant Elsie à la gorge.

◆◆◆

S tuart avait rejoint le cabinet aussi vite que son boitement le lui permettait. Il avait fait un crochet par la résidence d'Édouard et de Victoria afin de pouvoir utiliser leur téléphone, comme ils le lui avaient souvent proposé. Il avait appelé Scotland Yard et avait été obligé de laisser un message à Percival, celui-ci ne se trouvant pas dans son bureau. Il lui demandait de vérifier si les polices de Birmingham et Southampton pouvaient retrouver la trace d'un mage dans ces deux villes. Il aurait préféré pouvoir parler à Percival en personne, mais il savait que cette requête suffisamment vague et attractive à la fois allait piquer la curiosité de l'inspecteur. Il ne manquerait pas de le recontacter pour avoir plus de renseignements.

Lorsqu'il parvint enfin à son agence, il eut la surprise de trouver Isadora en train d'attendre devant la porte. Il salua avec amabilité la médium, qui lui sourit avec chaleur. Elle avait repris des couleurs depuis la soirée où il l'avait raccompagnée chez elle en compagnie d'Elsie. Stuart songea par-devers lui qu'Isadora était vraiment une femme à son goût… en dépit de ses dons.

◆◆◆

A ussi vive que son agresseur, Elsie sortit sa main droite de sa poche et fracassa les côtes de Monsieur Philby. Elle sentit les os se briser au contact de son arme. Elle avait frappé de toutes ses forces avec sa main gantée d'un coup-de-poing américain. L'homme hurla et relâcha sa prise sur la gorge de la jeune femme, qui profita de ce moment de détresse de son adversaire pour lui assener deux autres coups à l'estomac et au visage. Quelques secondes plus tard, Maître Lawrence Dwight entrait dans la pièce, les yeux exorbités, incapable de comprendre ce qui pouvait se passer dans son cabinet. Il resta un instant bouche bée contemplant en alternance Elsie, rouge de colère, et son assistant qui se tordait de douleur.

— Mais que se passe-t-il ici ? finit-il par articuler.

— Votre assistant va devoir s'expliquer auprès de l'inspecteur Montgomery du CID. Il a quelques révélations très intéressantes à faire au sujet du meurtre de Madame Edwards.

L'avocat se tourna vers son assistant.

— Au nom de Dieu, de quoi parle-t-elle ?

— Monsieur Philby a renseigné une mystérieuse femme sur le contenu du testament de Madame Edwards et ceci avant son assassinat. Il est tout de même curieux que votre assistant révèle contre monnaie sonnante et trébuchante le contenu d'actes confidentiels détenus par votre cabinet.

L'avocat en resta sans voix. Puis, il se tourna vers son assistant et, sans se préoccuper de ses gémissements de douleur, le saisit au col et le secoua.

— À qui avez-vous parlé ?

— Une femme ! Une femme, je ne sais pas son nom !

— Qu'avez-vous dit à cette femme ! hurla l'avocat en continuant à secouer le juriste.

— Elle voulait savoir qui allait hériter de Madame Edwards à sa mort et si Monsieur Edwards pouvait récupérer l'intégralité de l'héritage.

Maître Lawrence Dwight, saisi d'horreur, relâcha Monsieur Philby.

— Vous avez signé l'arrêt de mort de cette pauvre femme ! Et la condamnation de sa fille de surcroît ! Miss Tofield !!!

Quelques secondes suffirent à une dame au strict chignon pour passer la tête dans la pièce.

— Que puis-je pour vous, Maître ?

— Appelez Scotland Yard ! Qu'il nous envoie quelqu'un pour arrêter Monsieur Philby !

La femme eut l'air effarée, mais elle disparut aussitôt. L'avocat regardait avec dégoût l'homme qu'il croyait connaître depuis de nombreuses années.

— Quels autres renseignements avez-vous vendus ?

— Aucun ! se défendit le juriste.

— Vous vous expliquerez avec la police. Pour ma part, je sais ce qu'il me reste à faire !

Un quart d'heure plus tard, deux bobbies s'emparaient de l'assistant et promirent de le conduire sans délai à l'inspecteur Montgomery. Elsie s'apprêtait à sortir à leur suite, quand Maître Dwight interrompit son mouvement.

— Comment avez-vous su ?

— Madame Edwards a été assassinée. Sophia est aussi victime que sa mère de cette machination, mais je ne parvenais pas à comprendre pourquoi. Si Sophia avait voulu hériter de sa mère, elle ne serait certes pas restée sur place avec l'arme du crime. Il fallait considérer Sophia comme une victime à part entière. Je me suis ainsi demandé ce qui arriverait si Sophia venait à être condamnée et exécutée. À qui reviendrait l'héritage ? Votre assistant a répondu à ma question.

— Vous ne pensez tout de même pas que Monsieur Edwards est l'instigateur de cette machination ?

— Monsieur Edwards ou une femme de son entourage. L'avenir nous le dira.

Laissant l'avocat en proie à ses pensées les plus sombres, Elsie tourna les talons et quitta le cabinet. Elle avait hâte de vérifier son hypothèse.

◆ ◆ ◆

Stuart salua avec plaisir sa visiteuse. Isadora était certes étrange, mais elle était aimable et serviable. Le détective remarqua alors la pâleur de la médium et, lorsqu'elle entra dans l'agence, il saisit le léger tremblement de ses mains. *Elle a peur*. Il la précéda dans son bureau et lui céda le passage avant de refermer la porte derrière eux.

— Que me vaut le plaisir de votre visite, Madame ?

Installée dans un fauteuil visiteur, une tasse de thé odorant devant elle, Isadora croisait les mains sur ses genoux. Cette position lui permettait de contrôler ses tressaillements.

— J'ai des informations à vous communiquer, Monsieur.

— Je vous écoute.

— Je pense qu'il existe un lien entre les meurtres du « 6 » et les assassinats qui vous préoccupent.

Stuart fit un geste d'encouragement sans reprendre la parole.

— Je suis persuadée que les trois exécutions d'hier soir sont liées à une messe noire sans précédent. J'ai senti un fléchissement dans les forces de la lumière cette nuit. Elles étaient plus lointaines, comme repoussées plus loin dans l'univers au profit des ténèbres qui se déchaînaient. Je sais que ce n'est pas une preuve, au sens où vous l'entendez, mais mes guides me confirment sans cesse ce ressenti.

Stuart acquiesça avec calme. Après tout, qui était-il pour juger ?

— Quel est le lien entre les deux affaires, Madame ?

— Oh, s'étonna Isadora. Oui, le lien, bien sûr. Mes guides affirment qu'il ne s'agit que d'un seul et même tueur... Je suis désolée. Je suis un peu perturbée. Samedi soir, j'ai rencontré l'une de mes anciennes clientes. Je sais qu'elle consulte Philip Blackstone depuis quelque temps. Alors que cette dame était lumineuse lorsqu'elle me sollicitait, j'ai vu les ténèbres derrière elle. Elle a changé... Beaucoup changé. Auparavant, elle n'avait que des paroles d'amour pour son prochain, désormais, elle est agressive et vindicative.

— Vous êtes-vous quittées en bons termes ?

— Oui... Enfin, je le pense...

Isadora réfléchit un instant. Elle plongea dans ses pensées, loin de Stuart et de l'agence de détectives.

— Vous avez raison. Elle m'a accusée de ne pas vouloir partager mes connaissances et mon pouvoir avec les autres, afin de conserver mon influence sur mes clients.

Isadora déglutit avec difficulté. Elle était émue et peinée par le souvenir de cette conversation.

— C'est ridicule ! s'indigna-t-elle. Les dons sont offerts à des individus spécifiques, ils ne peuvent pas être partagés.

Elle prit une large inspiration, du moins aussi large que le lui permettait son corset.

— Dans tout ce déversement de colère et de jalousie, elle a aussi dit que, dès le lendemain, elle n'aurait plus jamais besoin de charlatans comme moi. Selon elle, Philip Blackstone aurait trouvé un moyen de partager son incommensurable pouvoir avec quelques élus. Lui qui n'a aucun pouvoir en dehors de ce que les ténèbres lui vendent au prix de son âme… Je n'en sais pas plus. Une fois qu'elle a eu fini de cracher son venin, elle a tourné les talons et m'a laissée seule.

— Étrange, conclut Stuart. Est-ce pour cela que vous avez si peur, Madame ?

Isadora ne put cacher sa surprise.

— Comment savez-vous ?

— Je ne suis peut-être pas médium, mais je sais reconnaître la peur quand je la vois. Par conséquent, de quoi avez-vous si peur ?

Des larmes envahirent les yeux sombres de la spirite, à la grande surprise de Stuart. Isadora n'avait rien d'une faible créature craintive. *Elle n'a pas peur, elle est terrorisée.*

— Mon ancienne cliente avait à peine tourné les talons que mes guides me disaient que j'étais en grand danger.

Dans d'autres circonstances, Stuart aurait dédaigné une telle déclaration. Cependant, la spirite était en proie à une véritable terreur. Il ne pouvait pas être blessant en minimisant ses inquiétudes.

— De quoi avez-vous peur ? Que peuvent-ils vous faire ?

Isadora sembla se détendre. Stuart ne refusait pas le dialogue comme elle l'avait craint de prime abord. Il acceptait sa parole et voulait réfléchir à la difficulté.

— Je ne sais pas. Mes guides me répètent seulement que je suis en danger.

— Ne peuvent-ils pas être plus précis ? Ne pouvez-vous pas leur poser la question ?

— Je leur demande, mais ils me répondent qu'il est difficile d'interpréter les intentions humaines. Elles varient d'un instant à l'autre et d'un être à l'autre.

— Ils savent juste que vous êtes en danger…

Isadora acquiesça d'un bref signe de tête.

— Voulez-vous que je vous raccompagne chez vous et que je m'assure de la sécurité de votre logement ?

Le regard d'Isadora s'éclaira et Stuart put y apercevoir un sentiment neuf qu'il n'y avait encore jamais vu : l'espoir.

Stuart s'était armé avec soin, prévoyant aussi bien un combat contre des ennemis visibles qu'invisibles. Entre sa canne-épée, son revolver, sa dague, sa médaille-croix de saint Benoît et une petite fiole d'eau bénite, il pensait pouvoir faire face à bien des situations. À ses côtés dans la voiture, Isadora paraissait un peu plus tendue. Stuart se demandait si ses « guides » étaient réels ou le fruit d'une imagination fertile prompte à découvrir des signes du monde invisible, là où il n'y avait rien. Toutefois, lorsqu'il y réfléchissait, il se demandait comment certains pouvaient être si catégoriques sur l'absence de vie après la mort. Ils n'avaient pas plus de preuves du néant que de la survivance d'une forme d'esprit. *En fait, je me demande si le néant est plus rassurant que l'immortalité de l'âme.* Il reporta son attention sur la médium. Si elle avait raison, il risquait de rencontrer de sombres personnages. Stuart se prépara au combat, quel qu'il fût.

Isadora louait un appartement au premier étage d'un immeuble bourgeois, au nord de *Hyde Park*. Stuart passa en premier mais ne constata rien d'anormal dans le hall d'entrée, clair et lumineux, ni dans le large escalier en colimaçon qui menait au premier étage. Une large verrière laissait entrer la lumière par le plafond. Pas de recoins sombres pour attendre une dame, pas d'échappatoire. Le lieu ne pouvait dissimuler un agresseur.

Pourtant, il sentit une tension se densifier en lui au fur et à mesure qu'ils s'approchaient de l'appartement d'Isadora. Stuart raffermit la prise sur sa canne-épée lorsqu'il fit pivoter la porte. Il entra d'un pas et sauta en arrière au moment même où une matraque fendait l'air juste devant son nez.

Chapitre 10

P ercival et deux bobbies étaient arrivés aussi vite que la circulation de Londres le leur avait permis. L'inspecteur auscultait d'un œil critique la serrure de l'appartement d'Isadora. Il convint avec Stuart qu'elle ne pouvait pas rester chez elle tant qu'un serrurier n'avait pas réparé la porte. Il reporta son attention sur la femme assise dans un fauteuil, son chat noir sur les genoux. Elle semblait calme, quoique un peu pâle. Il pouvait comprendre. Sans Stuart Spencer et ses capacités combatives, elle serait à cette heure entre les mains d'on ne savait quel scélérat… *Quel intérêt peut-elle avoir ? Elle est aisée mais à peine. Personne ne paierait de rançon pour elle. Elle est jolie mais comme beaucoup de femmes. Elle ne vient pas d'une famille puissante. Elle n'est pas malhonnête d'après Stuart… Mais elle est médium… J'ai du mal à croire que ce soit suffisant pour enlever une femme en plein jour à Londres.* Stuart était assis non loin d'Isadora et flattait le chat d'une caresse derrière l'oreille. L'animal semblait apprécier la manœuvre, bien qu'il conservât une certaine distance avec tous ces hommes qui avaient envahi son quotidien.

L'un des bobbies entra dans le salon et fit un signe négatif à l'inspecteur. Ils n'avaient trouvé personne… Percival se tourna vers Isadora.

— Qui peut vouloir vous enlever, Madame ?

— Je ne sais pas, répondit-elle en affrontant le regard scrutateur de l'inspecteur.

Elle dit la vérité.

— Avez-vous des ennemis ?

— Pas à ma connaissance… Même si j'ai été surprise par la véhémence de l'une de mes anciennes clientes, il y a peu. Néanmoins, de là à organiser mon enlèvement…

— Pourquoi avez-vous demandé à un détective privé de vous raccompagner ? Vous deviez bien avoir des doutes !

Isadora sembla perdue un instant. Pouvait-elle…

— Mes guides m'ont mise en garde, dit-elle d'une voix atone.

Elle avait hésité à mentir, mais le mensonge attisait les ténèbres et il y en avait assez à Londres en ce moment.

— Vos guides ? répéta Percival perplexe.

Stuart décida d'intervenir. D'instinct, il posa une main protectrice sur l'avant-bras d'Isadora, avant de s'apercevoir de son geste et de la retirer brusquement.

— Comme je vous l'ai dit, Monsieur l'inspecteur, Madame Lewis est médium. Une vraie médium, ce qui signifie qu'elle a accès à une certaine prescience.

— Si tel est le cas, ne pouvez-vous pas savoir qui a commandité votre enlèvement ?

— Non, Monsieur l'inspecteur. Je ne contrôle pas les informations qui me sont données.

Isadora sentait un filet glacé de sueur couler le long de sa colonne vertébrale. Elle ne tenait pas à être enfermée comme hystérique dans le premier hôpital psychiatrique que les forces de police trouveraient. Nombre de médiums se retrouvaient à affronter les aliénistes pour prouver qu'ils n'étaient pas fous, mais avaient des capacités différentes… ce qui n'était pas chose aisée.

— Tant pis. J'aurais bien eu besoin de quelques informations dans certaines de mes affaires.

Percival haussa les épaules avec découragement.

— La porte peut-elle être sécurisée ? demanda-t-il à l'un des bobbies.

— Non, Monsieur. Aucun serrurier ne voudra se déplacer de nuit et une dame ne peut pas rester seule ici, tant que ceux qui l'ont agressée sont dehors.

Percival acquiesça d'un signe de tête.

— Il faut que vous dormiez ailleurs, Madame. Nous allons refermer de notre mieux votre logement, mais vous ne pouvez rester ici ce soir.

Isadora parut abasourdie.

— Où vais-je aller ?

Elle resserra son chat contre elle.

— Si vous ne voyez pas d'inconvénients à dormir chez un détective, je puis vous céder mon appartement pour la nuit, Madame, intervint Stuart.

— Et vous ?

— Mon bureau dispose d'un excellent fauteuil. En outre, si un éventuel agresseur vous suit, il devra passer devant moi avant de vous atteindre.

Isadora hésita. La réputation d'une femme pouvait être détruite pour moins que cela dans la société victorienne… Elle regarda Stuart et ne vit qu'un halo lumineux derrière lui. *Cet homme n'est pas malintentionné et, puis, tu n'es plus une jouvencelle !*

— Soit, Monsieur Spencer, mais je suis obligée d'amener Lumière avec moi.

— Lumière ? répéta Percival quelque peu décontenancé.

— Le chat, répondit Stuart. Lumière, viens avec nous.

— Vous avez appelé votre chat noir « Lumière » ? s'enquit Percival.

— Oui, les chats noirs ont si mauvaise réputation. Pourtant, ces pauvres bêtes ne sont en rien liées aux ténèbres. Bien au contraire…

Stuart se leva et tituba d'un geste maladroit. Le combat avait ravivé la douleur de sa jambe. Isadora se leva à son tour, enferma Lumière dans son panier en osier, réunit à la hâte quelques affaires et suivit le détective. Percival observait Stuart partir en boitant. *Comment ce diable d'homme a-t-il pu mettre en fuite trois malandrins avec cette jambe ?*

La nuit était pleine sur Londres et, dans la voiture qui les conduisait à l'agence Worthington & Spencer, Isadora et Stuart ne parlaient pas. Le détective sentait la douleur de sa jambe croître de façon alarmante et il n'avait pas même l'idée d'entretenir une conversation mondaine. Il lui tardait seulement d'arriver chez lui pour prendre un peu de laudanum, sans pour autant s'abrutir compte tenu des circonstances.

Isadora, quant à elle, se demandait si elle avait pris la bonne décision. Après tout, elle ne connaissait Stuart Spencer que depuis peu de temps. Pourtant, quelque chose lui disait qu'elle pouvait se fier à cet homme dont les qualités morales lui apparaissaient manifestes… D'autant que le détective n'était pas non plus dénué de compétences martiales. L'incroyable scène lui revint en mémoire. *Quand la matraque s'abattit là où le crâne de Stuart se trouvait une poignée de secondes avant, j'ai été saisie de terreur. Pas lui. Notre agresseur se précipitait déjà vers nous, quand il tira l'épée cachée dans sa canne et le transperça de sa lame. L'homme hurla, attirant à lui ses deux complices. Loin de s'affoler, Stuart les cantonna dans l'espace étroit de la porte où ils se bousculaient pour tenter de lui porter des coups. Il profita de son avantage pour percer de toutes parts nos assaillants. L'épée sifflait à côté de moi et n'obtenait pour seule réponse que des cris de douleur. Préservé des coups par toute la longueur de son arme, il harcela les trois bandits jusqu'à ce que l'un d'eux ne parvienne à jaillir dans le couloir et ne se fraye un chemin vers la sortie. Les deux autres le suivirent aussitôt, en grondant : « On l'aura une autre fois ».*

Cette phrase résonnait encore en Isadora, qui y avait perçu un funeste présage. Il n'était pas de simples cambrioleurs pris sur le fait, mais des kidnappeurs venus pour elle. *Pourquoi moi ? Je n'ai rien. Je ne suis rien. Je suis juste une médium.*

— Juste une médium, répéta-t-elle à haute voix.

Stuart la regarda sans comprendre.

— Je vous demande pardon ?

Isadora fixa son regard sombre aux yeux bleu-vert du détective.

— Je disais que je suis juste une médium. Pourquoi quelqu'un voudrait-il m'enlever ? Je ne suis rien ! Je n'ai rien ! Personne ne paierait quoi que ce soit pour moi…

Sa voix se brisa et un grand abattement s'empara d'elle. Stuart l'examina avec attention. *Juste une médium…* Si personne n'était prêt à payer de rançon, pourquoi l'enlever ? Avait-elle eu connaissance d'une information compromettante ? Savait-elle quelque chose sans en avoir conscience ? Il allait devoir plonger dans le passé de cette femme afin de savoir à quel type d'ennemis il avait affaire. *Au moins, ceux-là sont visibles et bien humains…*

Mardi 16 juin 1891

Pendant qu'Isadora finissait de se préparer à l'étage, Stuart et Elsie discutaient de la suite à donner aux événements. Les meurtres du « 6 » avaient bouleversé leur plan et Percival avait été sommé de clore l'enquête sur l'assassinat de Madame Edwards afin de se concentrer sur ces nouveaux crimes.

— À croire que ces homicides n'ont été perpétrés que pour détourner l'attention du CID des tueurs amnésiques.

Elsie était de fort méchante humeur depuis qu'elle avait appris la fin de l'instruction dans le dossier de Sophia. Si l'enquête officielle s'arrêtait en l'état, son amie serait condamnée.

— C'est possible, intervint Stuart.

— Qu'est-ce qui est possible ? demanda Elsie un peu perdue.

— Que les meurtres du « 6 » aient été commis pour détourner l'attention des enquêteurs. Il serait pour le moins curieux que deux séries de crimes soient liées au milieu ésotérique en même temps et au même endroit. Il est dommage que seul Percival Montgomery soit intéressé par la piste de Philip Blackstone. Sans le soutien de la police, nous allons avoir beaucoup de mal à relier l'affaire Edwards à ce manipulateur.

Elsie réfléchissait avec intensité. Stuart pouvait le voir à l'air absent de sa cousine et au pli songeur qui marquait son front.

— Il ne gagnera pas ! Si nous ne pouvons pas relier Philip Blackstone à l'assassinat de Madame Edwards, nous pouvons toujours faire tomber le commanditaire.

Stuart parut intéressé. Il aimait le caractère vif et déterminé de sa cousine. Elle compensait par sa hardiesse sa propre propension à la réflexion. Parfois, il fallait plus d'action que de réflexion.

— À quoi pensez-vous ? s'intéressa-t-il.

— Je pense qu'un bon piège pourrait être salvateur et je sais comment je vais le tisser.

Un étrange sourire flotta sur son visage.

— À vous voir, on pourrait croire que vous allez tenter le diable…

Elsie fixa son cousin du regard, les yeux brillant d'excitation.

— Non, je vais le débusquer !

Stuart ne put s'empêcher de sourire. *Une drôle de petite dame !*

Elsie avait un plan et non des moindres ! Puisque les investigations les plus poussées n'avaient mené à rien, elle avait décidé de réunir dans la même pièce nombre des protagonistes du drame et de provoquer les événements.

Sur les conseils d'Isadora, les deux détectives avaient réaménagé le bureau de Stuart, la plus grande pièce de l'agence, afin d'y accueillir une séance de spiritisme le soir même. Outre l'inspecteur Percival Montgomery qui y assisterait en compagnie de deux bobbies habillés en civil, Elsie avait convié à la réunion Philip Blackstone, Monsieur Edwards et son amie Carmilla Walsh, le journaliste William Baylen, ainsi que Lady Aurora Mansfield et sa fille Lyane Mansfield. Philip Blackstone n'avait pas manqué de préciser qu'il viendrait en compagnie d'Otto Neumann. En comptant Isadora et les deux détectives, la petite réunion rassemblerait treize âmes, ce qui paraissait un chiffre tout à fait approprié à Elsie.

— Au moins n'êtes-vous pas superstitieuse, Miss Worthington, remarqua Isadora.

— N'oubliez pas que je serai en coulisse !

— C'est vrai, sourit Isadora.

Lorsque Elsie avait expliqué son plan à la médium, cette dernière n'avait pas apprécié le manque de considération pour son art. Cependant, elle concédait avec aisance à la jeune détective qu'il fallait tenter quelque chose pour sauver Sophia Edwards. Elle s'était donc prêtée de bonne grâce à la manipulation que lui proposait Elsie et se préparait, une fois de plus, à affronter les ténèbres qui suivaient Philip Blackstone partout où il se rendait.

Quand l'heure du rendez-vous approcha, la médium jugea la salle où elle officierait comme tout à fait convenable. À la lueur de bougies blanches et de lampes à pétrole, une large table ronde pourvue de cinq chaises trônait au centre de la pièce. Quelques autres chaises avaient été installées autour pour ceux qui formeraient le cercle extérieur. Assise à sa place, Isadora priait en silence pour la réussite de leur plan. Elsie se retira à l'étage pour se préparer, pendant que Stuart se changeait dans le bureau de son associée. Il reparut dans son costume de soirée peu après. Isadora, quant à elle, n'avait pas osé retourner chez elle depuis son agression et portait toujours la même robe que la veille. Elle s'était certes lavée et avait changé de chemise, mais elle aurait souhaité pouvoir mieux se vêtir afin de respecter la bienséance. Une séance de spiritisme se devait d'être solennelle et tant l'assistance que l'officiant étaient supposés s'habiller pour la circonstance.

De son côté, Lumière s'était tout à fait habitué à l'appartement de Stuart et trônait sur le fauteuil du détective, comme s'il avait toujours vécu là. Quand Elsie entra dans le salon de son cousin, le chat noir ouvrit un œil peu intéressé, puis le referma aussitôt, ayant constaté que la jeune femme arrivait sans nourriture. Elsie se prépara avec soin. Il fallait que son jeu soit crédible… En fait, toute l'opération dépendait de la crédibilité de son intervention… *Mon Dieu, tout repose sur moi !* Elle se jeta un regard scrutateur et repassa une couche de blanc sur son visage.

◆ ◆ ◆

L a plupart des invités à cette étrange soirée étaient arrivés à l'heure dite. Seuls le mage et son assistant ou son âme damnée, selon le degré d'antipathie que pouvait inspirer ce personnage, étaient en retard. Lady Aurora Mansfield et sa fille n'avaient pas manqué de marquer leur désarroi lorsqu'elles avaient appris qu'Isadora officierait lors de cette séance et non pas le mage. Lorsqu'elle les avait invitées, Elsie s'était bien gardée de préciser ce point, qui leur semblait pourtant aller de soi. Elles constatèrent en outre que l'assemblée n'était pas aussi prestigieuse que le leur avait présenté la jeune détective mais, tenaillées par une solide curiosité et âpres à tenter une nouvelle expérience en l'extraordinaire compagnie de Philip Blackstone, elles choisirent de rester.

William Baylen, le journaliste, évita pour sa part de se présenter sous sa véritable identité et s'inventa un passé militaire commun avec Stuart Spencer. À cette occasion, le détective constata que le journaliste avait fait des recherches précises sur lui. Il ne s'en offusqua pas, puisqu'il en avait fait de même.

Percival et les deux bobbies qui l'accompagnaient se firent passer pour de simples connaissances des détectives, curieux d'assister à leur première séance de spiritisme et d'apporter leur concours à la révélation de la vérité.

Les plus décontenancés par cette soirée étaient Monsieur Edwards et son amie, qui le suivait partout comme une ombre. Stuart nota avec intérêt que Carmilla Walsh semblait fébrile. Peu habituée à ce genre de cérémonie, d'après ses propres dires, la dame semblait peu goûter l'étrangeté de l'invitation d'Elsie. De son côté, le père de Sophia l'avait accepté car il espérait qu'elle faisait partie des investigations menées par l'agence Worthington & Spencer. Toutefois, lorsqu'il avait contemplé la petite assemblée, il s'était demandé s'il avait eu raison de suivre les demandes de sa fille. Ces deux détectives étaient-ils les plus aptes à défendre les intérêts de Sophia ?

Stuart se dirigea vers la porte d'entrée, pour la dernière fois de la soirée, pour l'ouvrir à Philip Blackstone et à son acolyte. Le détective avait beau sourire et se montrer le plus affable du monde, plus il rencontrait ces deux hommes, plus il les trouvait antipathiques. Il les précéda dans son bureau, transformé pour l'occasion en salon d'évocation spirite, et prit la parole aussitôt :

— Milady, Mesdames et Messieurs, je vous remercie infiniment d'avoir accepté l'étrange invitation lancée par l'agence Worthington et Spencer, afin de contribuer à la révélation de la vérité dans l'affaire Sophia Edwards. Madame Isadora Lewis, ici présente, a reçu des informations de ses guides l'incitant à réunir une petite assemblée de personnes connaissant Miss Edwards et étant soucieuses de son sort.

Lady Aurora Mansfield acquiesça d'un signe de tête, montrant ainsi à tous à quel point elle s'inquiétait du futur de la jeune femme. *Comme d'une guigne !* Stuart, conscient que la langue acérée de sa cousine déteignait de plus en plus sur lui, se secoua et se reconcentra sur son discours.

— Nous avons fait appel à Philip Blackstone afin qu'il nous aide à nous connecter au monde invisible grâce à ses pouvoirs incommensurables.

Lady Mansfield et sa fille acquiescèrent cette fois-ci de bon cœur, le reste de l'assemblée se contentant d'un signe de tête de remerciement au mage.

— Je me préoccupe aussi du sort de cette malheureuse, précisa Philip Blackstone. J'ai eu l'honneur de connaître cette jeune femme et personne sur cette terre ne parviendra à me faire croire qu'elle a commis un tel méfait.

Cette intervention fut saluée par de nouveaux signes de tête en direction du mage.

— Si nous sommes tous prêts, je vous demanderai de bien vouloir vous concentrer sur Sophia et sur la révélation de la vérité.

Stuart rejoignit le groupe formé par Percival et ses bobbies, alors qu'Isadora avançait d'un pas.

— Nous allons créer un cercle d'évocation formé dans l'ordre par Monsieur Edwards, Madame Carmilla Walsh, Monsieur Philip Blackstone, l'honorable Lyane Mansfield et moi-même.

Lyane Mansfield rayonna de joie. Elle avait la meilleure place entre Isadora et le mage.

— Puis, je demanderai aux autres participants de se placer en cercle autour de nous et de se concentrer sur la révélation de la vérité dans l'affaire Sophia Edwards.

Les uns et les autres se placèrent selon les demandes de la médium, les lampes à pétrole furent éteintes, ne laissant pour seules sources de lumière que les bougies qui avaient été installées partout dans la pièce. Isadora s'empara de la main de Monsieur Edwards et de celle de Lyane Mansfield. Elle inspira profondément, vida son esprit et implora l'aide des forces de la lumière.

La séance avait commencé depuis près de trois quarts d'heure quand l'assemblée montra les premiers signes de lassitude. Lady Mansfield s'était écroulée sur un siège depuis près d'une demi-heure et, sans avoir aucun don particulier, Stuart était certain qu'elle était en train de compromettre toute tentative de communication spirite à trois miles à la ronde, tant elle était de méchante humeur. Néanmoins, leur évocation ne pouvait manquer de réussir grâce à Elsie. Il avait d'ailleurs eu quelques difficultés à expliquer que son associée avait été obligée de quitter Londres, afin de suivre une piste prometteuse pour l'enquête sur Sophia. Malgré ses efforts, il avait constaté qu'il n'avait guère convaincu ses invités. Les uns considéraient qu'Elsie était un esprit sceptique, peu encline à participer à une telle cérémonie, les autres concluaient qu'elle était apeurée par l'expérience. Stuart sourit à cette pensée. Sa cousine apeurée ? Il n'était pas même certain qu'elle sache vraiment ce qu'était la peur. Monsieur Edwards, quant à lui, s'était abstenu de tout commentaire et avait accepté l'explication sans rechigner, trouvant même un certain réconfort dans la détermination de la jeune enquêtrice.

Stuart observa le cercle extérieur. Otto Neumann était entouré par les deux bobbies qui le surveillaient de près, ce qui libéra le détective d'un problème. Percival et William Baylen ne rataient rien de l'étrange scène silencieuse, pendant que Lady Mansfield soupirait avec force. Tout se déroulant pour le mieux de ce côté-ci, il s'intéressa à la table où Isadora officiait. La médium et Philip Blackstone semblaient hautement concentrés, comme si un combat intense et muet les réunissait... ou les opposait. Monsieur Edwards dont la main droite l'attachait à Isadora se montrait le plus attentif à la tâche. Même si l'homme ne lui avait pas paru croyant, il participait de toutes ses forces à cette évocation qui, peut-être, pourrait révéler la vérité sur le terrible drame qu'il avait vécu quelques jours auparavant. Lyane Mansfield, de son côté, était au comble du bonheur.

Oscillant entre félicité et jubilation, elle tentait de se convaincre, en vain, que le plus important était le sort de Sophia et non pas la place privilégiée qu'elle avait à la table. En revanche, le comportement de Carmilla Walsh ne pouvait qu'attirer l'attention sur elle. Au cours des quarante-cinq dernières minutes, elle était passée par toutes les couleurs possibles. Du rouge de la colère, au pourpre de l'apoplexie, en passant par un vert d'indigestion, pour finir par un blanc quasi morbide, rien ne lui avait été épargné.

L'atmosphère se tendit d'un coup, quand Isadora émit une étrange plainte gutturale. Tous se tournèrent vers elle, fascinés et inquiets de savoir si la médium allait enfin dévoiler ses pouvoirs. La porte s'ouvrit dans un grand claquement, arrachant un cri d'horreur à Lady Mansfield. Une légère fumée s'infiltra dans le bureau et une main ensanglantée surgit du néant.

— Meurtrière, gronda Isadora.

La voix de la médium avait changé. Plus rauque, plus brisée. Stuart n'avait pourtant pas le temps de s'intéresser à elle. Il fixait son attention sur Carmilla Walsh, Philip Blackstone et les Mansfield, mère et fille. Ni le mage, ni Lyane Mansfield n'avaient bougé. *Ne pas rompre le cercle... sous aucun prétexte.* En revanche, Carmilla Walsh tentait de se libérer de la poigne de ses voisins par tous les moyens.

— Ne rompez pas le cercle, ordonna le mage.

Il resserra sa prise sur la main de sa voisine.

— Lâchez-moi ! hurla-t-elle avec désespoir.

Elle fixait la main qui la désignait.

— Meurtrière, reprit Isadora. Pendant toutes ces années, tu t'es jouée de moi ! Tu te disais mon amie alors que tu ne faisais que convoiter mon époux. Meurtrière !

Au bord de l'hystérie, Carmilla se débattait, mais les deux hommes qui l'entouraient ne la lâchaient pas, bien au contraire. Au bord de la nausée, le père de Sophia entrevoyait une abominable vérité. Il serra la main de sa voisine avec tant de force, qu'il sentit ses os jouer les uns contre les autres.

— Même ma mort ne t'a pas suffi !

Sous une pression invisible, Isadora se redressa, faisant basculer sa chaise derrière elle.

— Il a fallu que tu fasses accuser ma fille ! Mon innocente fille qui croupit en prison par ta faute ! Meurtrière !

Monsieur Edwards dévisageait celle qu'il croyait être son amie et voyait le monstre qui avait détruit sa famille.

— Qu'avez-vous fait ? balbutia-t-il. Qu'avez-vous fait !

— Ma vie, ma fortune, mon mari, ma fille ! Vengeance !

Isadora s'écroula tête la première sur la table, privée de toute énergie. Surpris, Monsieur Edwards relâcha la main de Carmilla, pour retenir la médium. Son horrible amie en profita pour griffer avec sauvagerie le mage qui refusait de la lâcher. Surpris par la violence de l'attaque, Philip Blackstone la libéra. Elle bondit vers la porte, quand un spectre monstrueux surgit devant elle. Blanc, vaporeux sous son voile ensanglanté, il désignait l'horrible femme de son doigt accusateur.

Stoppée net dans sa course folle, Carmilla s'écroula au sol, la tête entre les mains.

— J'avoue, j'avoue tout mais éloignez-la de moi !

Monsieur Edwards, qui retenait encore Isadora avec l'aide de Percival hurla comme il ne l'avait jamais fait de toute sa vie de gentleman.

— Qu'est-ce que vous avouez ?

— Tout ! Tout ! C'est moi qui ai fait assassiner votre femme et fait accuser votre fille ! Je voulais sa vie ! Elle avait tout et moi rien ! Elle était riche !!!! Tellement riche que quand vous avez eu le choix entre elle et moi lors de notre première saison, vous n'avez pas hésité une seconde. Vous avez choisi la richesse et non pas l'amour.

John Edwards en eut le souffle coupé.

— La richesse ? Mais j'ai choisi ma femme parce que je l'aimais et que j'ai eu le bonheur qu'elle m'aime en retour !

Elle m'a rendu ridiculement heureux... Tellement heureux... Qui êtes-vous pour arracher ainsi la vie à une femme qui vous a toujours respectée, aidée et soutenue tout le long de votre vie ? Meurtrière ! Et ma fille ? Ma pauvre Sophia !!!

Monsieur Edwards se jeta en avant dans l'espoir de saisir le cou de cet être abject. Stuart s'interposa entre lui et sa cible.

— C'est fini, Monsieur Edwards. La police est là, elle va être arrêtée, jugée et condamnée pour le meurtre de votre épouse et le complot qu'elle a ourdi contre votre fille.

Percival, qui avait allongé sur le sol Isadora, se saisit de Carmilla Walsh, cernée par les bobbies, et la releva sans ménagement. Il l'entraînait déjà vers la porte, suivi par les deux policiers, quand le spectre ôta son voile. Il ne put réprimer un sourire en voyant le visage blanchi d'Elsie.

— Bravo Miss Worthington, belle interprétation ! chuchota-t-il en passant devant elle.

Stuart rejoignit Isadora, que Lady Mansfield éventait d'abondance, pendant que Lyane lui tapotait la main.

— Mon Dieu, quelle horreur ! Heureusement que vous étiez là, ma chère Isadora, pour recueillir l'âme de cette pauvre femme ! Au moins a-t-elle pu nous livrer le nom de sa meurtrière. J'espère qu'elle repose en paix désormais !

Stuart sortit sa flasque et, aidant Isadora à se redresser, lui dit :

— Buvez, cela vous fera du bien.

La médium s'exécuta et toussota.

— Encore du brandy avec du sucre ? Pensez-vous qu'il s'agisse d'une panacée ? dit-elle en souriant.

— Pour ma part, je considère que cela fonctionne fort bien avec la plupart des maux, répondit Stuart d'un ton sérieux.

Il se releva, alors qu'Elsie s'approchait d'eux, et aida Isadora à se remettre debout avec l'aide de son associée. À travers la fenêtre de l'agence, la médium vit Carmilla Walsh être emmenée par les policiers.

— Était-ce suffisant à votre avis ?

Stuart suivit son regard et crispa la mâchoire.

— Nous avons le nom de celle qui a commandité le crime, mais pas celui du meurtrier.

Stuart sonda les silhouettes de Philip Blackstone et de son âme damnée, qui franchissaient déjà la porte. *Le combat continue.*

Chapitre 11

Mercredi 17 juin 1891

— Demandez le *Pall Mall Gazette* ! Édition spéciale ! Toute la vérité sur l'affaire Edwards !

Les petits vendeurs de journaux étaient déchaînés en cette matinée lumineuse de juin. Après les aveux de Carmilla Walsh, William Baylen avait passé la nuit à préparer ce nouveau coup d'éclat pour son journal. À la suite du journalisme de « croisade » mené par William Thomas Stead, le précédent rédacteur en chef, il voulait démontrer que l'esprit du grand journaliste était toujours vivace au sein du quotidien. De plus, il ne tenait pas à ce qu'un de ses concurrents n'obtînt l'histoire grâce à une indiscrétion quelconque. Le *Pall Mall Gazette* étant un journal du soir, il avait arraché à son rédacteur en chef, la parution d'une édition supplémentaire en début de matinée et il avait eu raison. Les Londoniens s'arrachaient le journal à tel point que les rotatives tourneraient jusqu'à épuisement de la réserve de papier.

◆ ◆ ◆

Carmilla Walsh avait avoué être la commanditaire du meurtre de Madame Edwards, mais se refusait à donner le nom de son ou de ses exécutants. Bien que Sophia ne soit pas encore libre, elle avait recouvré l'espoir de voir son innocence prouvée.

— Je savais que je pouvais compter sur toi, dit-elle à Elsie. Déjà au pensionnat, rien ne t'échappait ! Tu savais tout sur tout le monde !

— Oui et cela m'a attiré bien des inimitiés, grommela la détective.

Malgré la fatigue, Sophia sourit. Son regard avait retrouvé un éclat plus vif, ses mains ne tremblaient plus. Elle n'attendait plus une condamnation à mort mais la suite des investigations. Les deux jeunes femmes discutèrent quelques minutes. Sophia ne se souvenait pas d'un moment où le comportement de Carmilla Walsh lui avait paru étrange. Elsie s'apprêtait à prendre congé de son amie, quand Percival vint lui annoncer que Monsieur Edwards avait été autorisé à rencontrer sa fille. Elle laissa Sophia avec la promesse de débusquer l'assassin de sa mère.

Percival l'attendait à l'extérieur de la salle d'interrogatoire. Elsie songea qu'il y avait une affluence particulière dans le couloir ce matin-là.

— Puis-je m'entretenir avec vous, Miss Worthington ?

À ce nom, plusieurs policiers se retournèrent pour observer la fameuse Miss Worthington. Les nouvelles allaient vite au sein de Scotland Yard…

— Madame Walsh refuse de parler. En dehors de ce que nous avons entendu hier soir, elle ne dit rien.

— Êtes-vous dans une impasse ? murmura-t-elle.

Elsie ne tenait pas à gêner Percival devant ses collègues.

— Oui et non. Les événements d'hier soir ont convaincu le *commissioner* de me laisser continuer l'enquête sur le meurtre de Madame Edwards et il a même ordonné de faire passer en urgence l'analyse de la poudre blanche trouvée sur Miss Alice Ferrers.

— Cela aurait dû être fait depuis longtemps ! s'indigna Elsie.

— J'étais le seul à croire à la nécessité de cette analyse, elle avait été renvoyée *sine die*.

Elsie grimaça. Il ne devait pas être facile d'être isolé au sein d'une institution comme Scotland Yard.

— Avez-vous essayé d'évoquer avec elle les messes noires ?

— Bien sûr ! C'est d'ailleurs le seul moment de l'interrogatoire où elle a paru réagir un tant soit peu à ma question… Elle n'a rien dit mais, au moins, a-t-elle réagi.

— Avait-elle peur ?

Percival sourit sans joie.

— En vérité, elle était terrorisée. Je ne sais pas si notre tueur est ce Philip Blackstone, mais il sait à coup sûr qui il est. J'aimerais beaucoup interroger ce Monsieur en dépit de ses puissants appuis. Dès que j'ai évoqué la possibilité de le convoquer pour interrogatoire, mon supérieur direct s'y est opposé.

— Tiens donc…

Elsie plongea dans ses réflexions, s'isolant du monde comme elle avait coutume de le faire en pareilles circonstances. Par quels moyens allait-elle pouvoir confondre le mage ?

◆◆◆

Stuart se présenta chez les Edwards en fin de matinée et fut ravi de savoir que Monsieur Edwards était rentré de Scotland Yard où il avait rendu visite à sa fille. Le gentleman ne fit aucune difficulté à recevoir le détective, bien au contraire. Il accueillit avec grand plaisir le très sérieux et fiable Stuart Spencer.

— Puis-je faire quelque chose pour vous, s'inquiéta le maître de maison.

— Oui, Monsieur. Je souhaiterais éclaircir un point qui me préoccupe depuis quelque temps. Néanmoins, je vous présente par avance mes excuses car je vais vous demander de vous remémorer, une fois de plus, la soirée au cours de laquelle vous avez découvert le corps de votre épouse.

Monsieur Edwards ne souffla mot. Il acquiesça avec lenteur à la requête du détective.

— Si mes souvenirs sont bons, reprit le détective, vous avez précisé être rentré de votre club un peu tard et avoir été surpris car, pour une fois, votre épouse ne vous attendait pas. Vous vous êtes mis à sa recherche et avez trouvé porte close au salon. Comme personne ne répondait, vous avez commencé à taper contre le battant, puis vous avez tenté de l'enfoncer.

Stuart attendit un instant et Monsieur Edwards acquiesça de nouveau.

— Le bruit a attiré votre majordome qui, malgré l'heure tardive, portait toujours son uniforme et, au lieu de vous aider, il a décidé d'aller chercher les secours.

Le gentleman eut l'air surpris. Il n'avait jamais songé au comportement de son majordome ce soir-là. Pourquoi ne l'avait-il pas aidé à enfoncer cette maudite porte ?

— C'est exact, se contenta-t-il de répondre.

— Très intéressant. Ainsi, votre majordome sort dans la rue et, par miracle, trouve deux bobbies faisant leur ronde.

De surprise, la mâchoire de Monsieur Edwards s'affaissa un instant. Se pouvait-il qu'il y ait tant de rondes de nuit dans son quartier pour qu'à la moindre occasion, deux policiers se trouvassent dans la rue en face de chez soi ?

— Je ne comprends pas…

— Je vais vous expliquer, mais je souhaiterais d'abord parler à votre majordome.

Toute couleur avait déserté le visage du pauvre homme. Il se leva, un peu faible sur ses jambes, et tira sur le cordon de service de son bureau. Au loin, une sonnette retentit.

Les deux hommes attendirent, mais personne ne se présenta. Monsieur Edwards s'apprêtait à sonner de nouveau, quand Stuart l'arrêta d'un geste.

— Je pense que j'ai la confirmation de mes soupçons.

Stuart se leva et, de son pas inégal, sortit de la pièce. Il n'eut aucune difficulté à s'orienter, puisque le son d'une lutte et de hauts cris indignés le menèrent à son but.

Monsieur Edwards sur les talons, le détective trouva le majordome en train de résister à deux bobbies à l'entrée de la maison.

— Tu avais raison, Stuart ! l'accueillit Hugh Hobbes avec un large sourire. Mon collègue et moi l'avons gentiment attendu à la sortie, comme tu nous l'avais demandé, et il s'est précipité dans nos bras !

Le grand Anglais écrasait de tout son poids le majordome contre le mur, pendant qu'il discutait comme si de rien n'était.

— Comment osez-vous ? s'indignait le majordome.

— Nous osons au nom de la loi et de la justice, répondit Stuart.

— On l'emmène où ? s'intéressa Hugh.

— À Scotland Yard. L'inspecteur Percival Montgomery va avoir beaucoup à lui demander. Il va être ravi de pouvoir enfin interroger quelqu'un qui ne sera pas frappé d'amnésie.

— Scotland Yard ? blêmit le majordome.

— En quoi est-ce surprenant ? reprit Stuart. C'est l'endroit approprié pour les complices d'un meurtre me semble-t-il.

Hugh désigna d'un coup de menton quelque chose derrière Stuart.

— Je crois que ton client se sent pas bien. Occupe-toi de lui. Nous, on se charge de livrer ce quidam à qui de droit.

Hugh décolla le majordome du mur où il l'écrasait et le fit avancer. Stuart referma la porte derrière lui et vit Monsieur Edwards, adossé au mur, le souffle court.

— Carmilla, Johns… Qui d'autre encore ? Nous n'étions entourés que de traîtres !

— Venez vous asseoir, Monsieur, je vais vous expliquer.

Stuart s'empara du bras du gentleman et le conduisit dans sa bibliothèque. Il avait aperçu une bouteille de whisky et songeait que ce genre de breuvage mettrait un coup de fouet salvateur au pauvre homme.

Sous la direction du détective, Monsieur Edwards s'écroula dans un fauteuil et se laissa servir un verre à une heure qu'il aurait jugé peu appropriée en d'autres temps. Il but une gorgée du liquide ambré et fit une grimace, le feu de l'alcool lui faisant reprendre ses esprits.

— Expliquez-moi, Monsieur Spencer. J'ai l'impression de devenir fou.

Stuart prit place dans un fauteuil non loin de son client. Il étendit sa jambe devant lui et se redressa.

— Comme vous le savez, le meurtre de votre épouse n'est pas le premier de ce genre. Cependant, il est le premier concernant une personne aisée. Elsie et moi avons considéré cette succession de crimes non pas comme l'œuvre d'un fou, mais comme l'œuvre d'un tueur organisé. Le journaliste du *Pall Mall Gazette* que vous avez rencontré hier soir, Monsieur William Baylen, a contacté des confrères de sa connaissance un peu partout dans le Royaume-Uni et a mis au jour deux séries de meurtres commis par des tueurs amnésiques à Southampton et à Birmingham. Néanmoins, ces crimes différaient de celui de votre épouse car, à chaque fois, ils avaient frappé de pauvres gens. L'assassinat de votre épouse est le premier où les tueurs ont dû s'introduire dans une maison avec des domestiques. Droguer de pauvres gens vivant seuls est une chose, mais pénétrer dans un hôtel particulier où tant de personnes travaillent et vivent en est une autre. Il était impossible à ces tueurs d'entrer chez vous sans être vus, à moins qu'ils n'aient bénéficié d'une complicité à l'intérieur. Le comportement pour le moins étrange de votre majordome m'est alors revenu à l'esprit. Pourquoi cet homme ne vous avait-il pas aidé à entrer dans le salon ? Parce qu'il savait ce qu'il allait y trouver.

Monsieur Edwards but une gorgée supplémentaire.

— Un autre point était pour le moins étonnant dans votre histoire. Certes, la vie est parfois faite de coïncidences, mais de là à trouver deux bobbies à quelques mètres de chez soi lorsqu'un meurtre a été commis est improbable, si ce n'est impossible. En outre, quand l'inspecteur Percival Montgomery est venu arrêter Sophia, il l'a trouvée sous la seule garde de votre majordome. Les deux autres avaient disparu. J'ai demandé à l'inspecteur Montgomery de rechercher ces deux agents et, parmi tous les hommes que compte la *Metropolitan*, il a été impossible de les retrouver.

Monsieur Edwards posa le verre, pris de nausées.

— C'est monstrueux… Vous voulez dire que ces deux hommes étaient les meurtriers ?

Le pauvre homme était hagard. Il se remémorait l'abominable nuit, l'attente, seul au côté de sa chère disparue… *Sophia… Sophia avait été emmenée et je n'ai pas… J'étais… Je ne voulais pas quitter Octavia et j'ai abandonné Sophia…* Il posa un regard perdu sur Stuart.

— Je me suis longtemps demandé comment ces tueurs pouvaient entrer chez les gens sans éveiller leurs soupçons, reprit le détective. Qu'elles soient de Southampton, de Birmingham ou de Londres, toutes les personnes qui ont été frappées par cette série de crimes étaient honnêtes, travailleuses et de bonne réputation. Ces pauvres gens n'étaient pas de ceux qui laissent entrer des étrangers chez eux sans une bonne raison.

— Les tueurs se font passer pour des policiers… Sous un prétexte ou un autre, ils se présentent au domicile de leurs victimes et se font ouvrir… C'est monstrueux… Monstrueux…

— Oui et il est temps de trouver ces monstres avant qu'ils ne fassent d'autres victimes. J'ai bon espoir que votre majordome parle. Les tueurs ont fait une erreur avec le meurtre de votre épouse. Non seulement ils ont attaqué une famille capable d'engager des enquêteurs privés pour poursuivre les investigations que la police n'avait pas menées jusque-là, mais encore ils ont laissé derrière eux un témoin.

John Edwards reposa d'un geste sec son verre dont le whisky éclaboussa la table basse et le tapis.

— Pourchassez-les, Monsieur Spencer. Peu importe combien cela me coûtera, je veux que vous les retrouviez et qu'ils soient châtiés.

Stuart opina du chef. Il ne tenait pas encore les deux meurtriers mais la corde se rapprochait d'eux.

◆ ◆ ◆

E lsie avait pris le temps de se changer avant d'entreprendre la surveillance qu'elle avait en tête. Vêtue d'une confortable tenue de cycliste, elle pédalait avec force, les pans de sa veste au vent, son pantalon bouffant n'entravant en rien ses mouvements. Elle pouvait marcher à grandes enjambées, courir sans encombres, sauter, se battre et, comble de perfection, il dissimulait le revolver qu'elle portait au côté et auquel elle accédait grâce à sa large poche trouée. Elsie adorait vraiment ce pantalon !

Elle se rapprochait de sa cible et sauta de sa bicyclette. À l'inverse de Stuart, Percival Montgomery ne s'était pas montré très enthousiaste quand elle lui avait exposé son plan. Elsie avait acquis la conviction que Lady Aurora Mansfield et sa fille étaient en train de convenir de la réalisation d'une messe noire, quand elle les avait interrompues dans leur discussion avec Philip Blackstone. Le malaise qu'elle avait causé, bien malgré elle, à ses hôtes ne pouvait recevoir une explication logique. Elsie s'était toujours comportée avec courtoisie et il aurait été naturel qu'elle ait envie de discuter avec une femme de son âge de l'expérience étonnante qu'elles avaient vécue la veille au soir chez Lady Arabella Hardwick. Lorsqu'elle était arrivée, l'accueil peu chaleureux qu'elle avait reçu l'avait étonnée. Les soupçons sur l'objet d'une visite si tôt dans la journée ne lui étaient pourtant venus qu'après son départ. Sur le coup, Elsie s'était contentée de penser que Philip Blackstone ne se comportait pas en gentleman, en rendant visite avant quatre heures à ces deux dames. Toutefois, Stuart avait remarqué, non sans finesse, que cet irrespect des usages de la bonne société avait peut-être pour objet d'éviter que d'autres visiteurs ne rencontrassent le mage. Elsie avait donc envisagé la situation sous un autre angle. Elle était désormais persuadée qu'une femme aussi rigide que Lady Mansfield n'aurait jamais accepté de recevoir un visiteur, en dehors des heures admises par la bonne société, sans une raison valable. La suite du raisonnement se faisait fort naturelle. Il n'était un secret pour personne que Lady Mansfield était férue d'ésotérisme, elle ne cherchait pas à cacher un rendez-vous avec le mage lui-même mais à cacher l'objet de l'entrevue avec ce mage.

Quand Elsie avait rencontré cette étrange lady, cette dernière semblait mépriser Isadora et la tenait pour une petite médium de peu d'envergure. Pourtant, les conversations qu'Elsie avait pu avoir avec Isadora lui avaient démontré qu'elle était une femme d'une grande connaissance dans sa partie et, contre toute attente, d'une grande probité. Isadora refusait de pactiser avec les forces obscures pour acquérir davantage de pouvoirs. Elle acceptait le don qui lui avait été offert tel qu'il était. En cela, elle était méprisable aux yeux de ceux qui étaient avides de puissance. La grossièreté avec laquelle Elsie avait été priée de quitter le domicile de Lady Mansfield montrait l'empressement que leur hôtesse avait à poursuivre sa conversation avec Philip Blackstone. L'affaire était d'importance. Qu'est-ce qui pouvait être important, qui ne devait être su de personne et qui impliquait un nécromancien ? *Une messe noire.* La même ignominie qui avait coûté la liberté de son amie et la vie de sa mère. Elsie devait arrêter cette diablerie et elle savait comment faire. Elle allait suivre Lady Mansfield et sa fille.

Surveiller l'habitation de quelqu'un était d'un grand ennui. Elsie songeait qu'il devait être à peine cinq heures, mais elle en avait déjà assez. *Quand vont-elles enfin se décider à sortir !* Elle grommelait, dissimulée derrière une grille doublée d'une haie, quand un mouvement derrière elle la fit se retourner d'un bond. Elle était prête à écraser son poing sur le nez de l'importun, quand elle reconnut Percival Montgomery.

— Que faites-vous ici ?

L'inspecteur ne se formalisa pas et opposa à cet accueil plus que froid un large sourire.

— Bien que je constate que vous n'êtes pas une femme facile à surprendre, je ne pouvais pas vous laisser suivre seule ces deux dames dans l'antichambre de l'enfer.

— Ne pensez-vous pas que vous exagérez ? L'antichambre de l'enfer, rien que cela ?

Percival eut un sourire en coin.

— L'antre de deux tueurs, si vous préférez.

Elsie eut un moment de réflexion.

— Je ne sais pas si je préfère cette expression mais, au moins, elle semble plus crédible… Comment avez-vous fait pour me trouver ? Je suis bien cachée pourtant.

— Vous êtes bien cachée mais je suis inspecteur de police. C'est aussi mon métier de patienter dans les coins obscurs afin de suivre les suspects.

Elsie accepta l'explication et reporta son attention sur le domicile des Mansfield. Percival s'appuya contre la grille à côté d'elle et l'accompagna dans ce jeu de patience.

Une nouvelle heure passa sans mouvement. Le corps et l'esprit d'Elsie étaient engourdis à un tel point qu'elle se demandait si elle serait capable de bouger lorsque les Mansfield choisiraient de partir.

— Votre cousin avait raison, dit soudain Percival.

— Stuart a souvent raison.

— Vous ne me demandez pas à quel sujet ?

— Voyons, le majordome ? La poudre blanche ? Ou les deux à la fois peut-être ?

Percival sourit et tout son visage s'illumina.

— Vous êtes de remarquables enquêteurs tous les deux. Oui, il avait raison sur les deux sujets. La poudre blanche est une drogue puissante qui fait perdre connaissance aux victimes et les frappe d'amnésie. Je n'ai pas tout compris au rapport du chimiste, mais il en a conclu qu'il s'agissait d'un dérivé de bromure de potassium.

Elsie se contenta d'une moue pour toute réponse.

— Le majordome, quant à lui, n'a pas été très difficile à convaincre. Il a tout de suite compris que s'il était un peu coopératif, il pourrait peut-être éviter la potence. Il nous a décrit avec force détails l'homme l'ayant engagé et, comme vous devez vous en douter, la description correspond à celle d'Otto Neumann. En revanche, il a été incapable de nous décrire le deuxième homme ne comprenant pas lui-même pourquoi il ne s'en souvenait pas.

— Hypnose, murmura Elsie.

— Hypnose ? Comment pouvez-vous le savoir ?

— C'est Isadora Lewis qui me l'a dit. Philip Blackstone est un redoutable hypnotiseur. Lorsque vous êtes en sa présence, ne le regardez jamais dans les yeux.

Percival marqua sa surprise. Cette affaire connaissait bien des rebondissements.

— Enfin, j'espère vous apprendre quelque chose avec ma troisième révélation. J'ai eu les résultats de l'autopsie des trois malheureux massacrés par le tueur du « 6 » et, contrairement aux victimes des précédents meurtres, ces gens ont été assommés. Ils ont même été roués de coups et égorgés.

— Vous dites « le » tueur du « 6 », pourquoi ?

— D'après le médecin légiste, ils ont été tués par la même personne. Plusieurs coups portés à la tête avec une force peu commune, le même genre de plaies sur la gorge, le même genre de mouvements pour trancher les chairs, les mêmes « 6 » au-dessus des victimes.

— Notre cher Otto a passé une bonne soirée, grinça Elsie.

Le ton surprit Percival. Il témoignait d'une colère sourde et d'une volonté de vengeance qu'il avait peu rencontrées dans la gent féminine. Pire, malgré toutes les horreurs qu'il venait de lui raconter, Elsie n'avait pas bronché, avait accepté le moindre détail sordide pour ce qu'il était et, alors qu'elle savait que peut-être le soir même ils allaient affronter ces tueurs, elle n'avait pas peur. Percival savait reconnaître le courage quand il le voyait et apprécia d'autant plus la détective.

◆ ◆ ◆

S tuart profitait de l'impériale de l'omnibus dans lequel il avait pris place pour laisser son esprit vagabonder. Il avait remarqué que ces moments de repos offerts au cerveau permettaient si ce n'était de trouver la solution, tout au moins de l'entrapercevoir. Dans cette affaire, un point le contrariait à l'excès. Malgré toutes les recherches qu'il avait faites, il s'était montré incapable de dénicher un lieu où il pourrait trouver Philip Blackstone ou Otto Neumann. Ni résidence, ni cabinet, ni lieu de prédilection. Le mage et son serviteur apparaissaient, puis disparaissaient sans laisser de traces. Le détective s'était donc résolu à solliciter une nouvelle fois l'aide d'Isadora. Il souhaitait aussi prendre de ses nouvelles et vérifier avec elle que les mesures de surveillance autour de son logement avaient été renforcées, comme l'avait promis l'inspecteur Montgomery.

À l'approche de sa destination, Stuart quitta l'impériale et sonna un arrêt. L'omnibus stoppa net, non loin de chez Isadora. Quand il remonta la rue menant chez la médium en laissant *Hyde Park* dans son dos, il fut rassuré de voir qu'un bobby montait la garde devant l'immeuble. En plein jour, le bâtiment avait fière allure avec ses larges grilles et ses murs clairs. Stuart salua le factionnaire et lui demanda si Madame Lewis était chez elle, ce que l'homme lui confirma d'un ferme :

— Oui, Monsieur. Puis-je savoir à qui j'ai l'honneur car je dois veiller sur cette dame.

L'homme blond, à la large moustache, était bien charpenté et campé sur ses jambes, prêt à recevoir une attaque. Stuart ouvrit sa veste, en sortit une carte de visite et la tendit au policier.

— Monsieur Spencer ? L'inspecteur m'a parlé de vous et de votre associée. Vous pouvez passer, Monsieur.

L'homme avait parlé avec une certaine réserve. Stuart n'était pas assez naïf pour ignorer que les détectives privés avaient mauvaise presse au sein des forces de police. Pour autant, il ne désespérait pas de convaincre une majorité d'entre elles qu'ils appartenaient au même camp. Il monta et sonna à la porte d'Isadora quand il entendit le cri strident. Un chat, fou de rage, miaulait de toute la force de ses poumons.

◆◆◆

E lsie perdait tout espoir que les Mansfield ne se décidassent enfin à bouger, lorsque la porte de l'hôtel particulier s'ouvrit. Percival et elle sortirent aussitôt de la torpeur dans laquelle les avait jetés la trop longue attente. Les deux femmes montèrent dans leur voiture et Elsie enfourcha sa bicyclette. Percival se trouva surpris, ne disposant pas pour lui-même du même véhicule.

— Je les suis ! Quand je saurai où elles vont, je vous appelle à Scotland Yard !

— Vous devez plaisan…

…ter ? Non, elle est déjà partie ! Percival scruta la rue et vit arriver un *hansom*, petit fiacre à deux places, chargé d'un énorme gentleman à la mine renfrognée. Il sauta devant le véhicule.

— Police ! Je réquisitionne ce véhicule, Monsieur veuillez descendre immédiatement !

— Pardon ?

Le bonhomme frôla l'apoplexie mais fut stoppé dans son élan, quand il vit Percival bondir à côté de lui et le pousser pour prendre sa place sans ménagement.

— Avancez, ordonna-t-il au cocher. Nous ne devons pas perdre sa trace !

166

— La trace de quoi ? s'inquiéta soudain le malchanceux voyageur.

— La voiture ! dit-il en désignant la rue vide devant lui.

— Je vois rien, précisa le cocher.

— Avancez et vous verrez !

Le gentleman se dit qu'il serait plus prudent de laisser ce fou s'expliquer avec le cocher et descendit du véhicule. Il trouverait bien un autre attelage !

— Eh ! Qui va me payer la course ! s'indigna le conducteur.

— Moi, hurla Percival, mais faites avancer cette voiture !

L'homme haussa les épaules et consentit enfin à prendre la direction que lui indiquait Percival. Quand l'inspecteur retrouva la voiture des Mansfield coincée dans un embouteillage, il bénit l'abominable circulation londonienne et put se détendre. La silhouette d'une cycliste en pantalon le précédait de quelques dizaines de mètres. *Toute détective privée qu'elle est, elle va m'entendre !*

Stuart ouvrit la porte qui ne lui résista pas. Elle avait juste été repoussée. Lumière était prisonnier d'un panier en osier retourné sur lui et sur lequel les malfrats avaient entassé des livres. Stuart fit le tour de l'appartement sans trouver Isadora. Il libéra le chat furieux, referma la porte derrière lui et descendit aussi vite que le lui permettait sa jambe. *Des bandits qui enlèvent une femme en plein jour mais ne font pas de mal à son chat noir...* Il ressortit.

— Est-ce que quelqu'un est sorti avec une malle ou quelque chose pouvant contenir un corps ?

Le bobby eut l'air effaré.

— Madame Lewis a été enlevée. Une malle, un coffre, un sac ?

— Les blanchisseuses ! Elles étaient quatre et peinaient à transporter une énorme malle de linge sale !!! Je les ai aidées à descendre les quelques marches…

— Des femmes ? Cela correspond. Elles enlèvent une autre femme mais ont pitié du chat et ne font que le bloquer sous un panier d'osier, sans lui faire de mal. Quand sont-elles venues ?

L'homme consulta sa montre à gousset.

— Un peu moins de quatre heures. Seigneur Dieu, j'ai tout raté…

Stuart observa l'homme un instant.

— Vous allez avoir une chance de vous rattraper ! Je vais aller chercher cette dame et j'irai même au fin fond de l'enfer, s'il le faut.

L'homme n'hésita pas.

— Je viens avec vous !

— Comment vous appelez-vous ?

— Agent Lester Roberts, Monsieur.

— Très bien, Agent Roberts. Allez à l'étage, faites attention à ce que le chat ne s'échappe pas et jetez un coup d'œil. On ne sait jamais. Pour ma part, j'appelle l'inspecteur Montgomery.

L'agent Roberts se précipita à l'étage, pendant que Stuart frappait à la première porte au rez-de-chaussée. Une petite bonne lui ouvrit et lui confirma que ses maîtres disposaient d'un téléphone. Après quelques instants, il fut autorisé à appeler Scotland Yard par un gentleman, horrifié d'apprendre que sa voisine - une femme courtoise et d'une grande élégance - avait été enlevée ainsi, en pleine journée. Stuart laissa un message à Percival qui était déjà parti. Puis, il sollicita la possibilité d'appeler le *Pall Mall Gazette,* ce qui lui fut aussi accordé. Stuart parvint à joindre William Baylen, à son grand soulagement.

— Madame Lewis ? s'étonna le journaliste. Que veulent-ils faire d'une médium, ces fous ?

C'était précisément l'une des questions qui obsédaient Stuart depuis la première tentative d'enlèvement. Que pouvait-on faire d'une médium ? *Un réceptacle pour un démon. Ce nécromancien s'apprête à offrir le corps d'Isadora à un démon pour accroître ses pouvoirs !*

— Ils veulent faire une messe noire et se servir de Madame Lewis comme d'une offrande ! Dites-moi que vous savez où ils sont !

Face à l'étrange vérité, Stuart avait perdu le flegme qui le caractérisait d'habitude. Le propriétaire du téléphone s'était lui aussi raidi à l'évocation d'une messe noire.

— Je sais où ils sont. L'un de mes petits anges gardiens a vu quatre femmes sortir avec un coffre beaucoup trop lourd pour être honnête et il les a suivies. Il vient de m'appeler, ils sont dans le quartier du Temple.

Le Temple ? Bien sûr ! Quoi de mieux pour ces fous que les anciens quartiers de l'Ordre des Templiers à Londres. Stuart remercia le gentleman, retrouva l'agent Roberts et partit aussitôt en direction du quartier qui abritait, depuis plusieurs siècles, les plus hautes cours de justice du Royaume-Uni.

◆ ◆ ◆

Quand Elsie mit pied à terre, elle n'eut pas même le temps de noter le numéro de l'hôtel particulier au sein duquel avait disparu la voiture des Mansfield, qu'elle fut agrippée par la manche et tirée dans l'ombre.

— Ne refaites jamais cela ! grinça Percival.

Elsie l'observa comme elle l'aurait fait d'une espèce rare de coléoptère. Avec étonnement et mépris.

— Je referai la même chose s'il me plaît de le faire et vous n'avez qu'à vous en prendre à vous-même ! Achetez-vous une bicyclette !

— N'essayez pas de parlementer avec ma cousine, Inspecteur, vous y perdriez votre latin !

Stuart s'approchait d'eux, en compagnie de William Baylen, de l'agent Lester Roberts, de Hugh Hobbes et de quatre autres bobbies en tenue.

— Que faites-vous ici ? demanda Percival un peu hébété.

— Madame Lewis a été enlevée et la piste nous mène ici, répondit Stuart en désignant du menton le haut bâtiment dans lequel les Mansfield s'étaient engouffrées. Et vous ?

— Nous avons suivi les Mansfield, répondit Elsie.

Stuart apprécia l'information.

— Vous aviez donc raison, cousine. Les Mansfield vont assister à une messe noire au cours de laquelle le corps d'Isadora va être proposé à un démon.

— Pardon ? hoqueta Elsie. Il faut aller l'aider ! Nous…

— Nous n'avons aucune juridiction pour le faire, intervint Percival, mais je sais qui peut nous autoriser à entrer. Attendez-moi là !

Percival partit en courant et disparut après quelques mètres. Un jeune agent se rapprocha de Stuart.

— Puis-je vous poser une question, Monsieur ?

Stuart sembla surpris.

— Je vous écoute.

— Quand vous dites que cette femme va être offerte au démon, c'est une image, n'est-ce pas ?

— Cela dépend de votre foi. Si vous êtes croyant, c'est au sens propre, si vous ne l'êtes pas, c'est au sens figuré, mais, dans les deux cas, cette femme a été enlevée et va être soumise contre sa volonté à une cérémonie où les forces des ténèbres vont être invoquées. Nous devons lui porter secours.

Stuart se tourna vers les autres hommes présents.

— Je suis incapable de vous dire ce à quoi nous allons être confrontés ce soir. Sachez que les gens qui vont officier et ceux qui assisteront à cette cérémonie croient au Diable et à tous ses démons. Peu leur importe la justice divine et peu leur importe la justice des hommes. Ils officient au cœur du quartier du Temple pour narguer la justice de la Grande-Bretagne, mais nous allons leur faire rendre des comptes.

— Pour sûr, Stuart, gronda Hugh Hobbes. Je fais partie de la *Metropolitan* et si le Diable en personne a commis une infraction, il va lui en cuire !

Les autres acquiescèrent par divers grognements. Les bobbies avaient les nerfs solides.

Quelques instants plus tard, Percival revenait au pas de course, suivi de près par un petit homme chauve empreint de dignité, même lorsqu'il courait.

— Sir Connor Muir, procureur de la reine, le présenta Percival.

Stuart sourit. L'inspecteur Montgomery était un allié précieux. Au cœur du quartier du Temple, il était allé requérir l'aide de l'un des nombreux magistrats habitant à proximité des tribunaux.

Le procureur se redressa de toute sa petite taille pour observer les hommes et, à sa grande surprise, la jeune femme présente.

— Madame, je ne peux en aucun cas vous permettre de venir avec nous !

Elsie fit une moue qui laissa craindre un instant à son cousin qu'elle ne tournât pas sa langue sept fois dans sa bouche.

— Monsieur le procureur, c'est une femme qui a été enlevée et si elle a subi des violences, elle sera plus rassurée par ma présence.

Le procureur accusa le coup. L'argument avait porté.

— Je comprends, mais en sommes-nous réduits à de telles extrémités, Inspecteur ?

— Cette dame a été enlevée, le reste nous l'ignorons, mais nous savons qu'elle est dans ce bâtiment.

— Qu'attendons-nous dans ces conditions ? Allons porter secours à cette malheureuse !

Fort de sa détermination et de sa croyance en la force de la justice, le procureur de la reine prit la tête de l'étrange cortège qui força les larges portes de l'hôtel particulier.

Chapitre 12

L e Procureur Muir n'était pas homme de patience et entendait que la justice de sa souveraine passât partout, y compris dans la résidence londonienne d'un pair du royaume. Le logement fut fouillé, sous le regard réprobateur du majordome des lieux, chaque pièce visitée mais, après une heure de recherches aussi intensives qu'infructueuses, le procureur se demandait si cet inspecteur Montgomery ne s'était pas joué de lui.

De son côté, Percival ne comprenait pas. Ils n'étaient nulle part. Pourtant, il avait vu, tout comme Elsie, la voiture entrer dans ces murs. Il devait retrouver la trace de ces deux femmes et de leurs acolytes. Son regard tomba sur Stuart qui, loin de sa propre perplexité, semblait plongé dans de profondes réflexions. Le détective s'était arrêté de courir, il en avait assez de s'agiter en tous sens et s'en remettait à la puissance de travail de son esprit de déduction. Soudain, il se tourna vers l'inspecteur et demanda :

— Où sont les caves ? Une telle bâtisse doit être pourvue d'étages souterrains.

Percival s'illumina d'un coup. *Les caves, les sous-sols, bien sûr ! Que n'y ai-je pensé avant !* Percival était un homme affable et courtois, mais il ne supportait pas qu'un quelconque idiot se jouât des forces de police. Il se précipita sur le majordome et saisit l'homme au col.

— Vous n'avez pas été honnête avec un procureur de la reine et un inspecteur de Scotland Yard ! Vos maîtres sont ici mais en dessous de nous ! Conduisez-nous à eux maintenant ou vous serez enseveli sous tant de poursuites que le meilleur avocat de Londres ne pourra rien pour vous !

L'homme blêmit. Il servait cette famille mais sa fidélité valait-elle un emprisonnement ?

— Si ces Messieurs veulent bien me suivre.

Le Procureur Muir scruta le visage du majordome comme pour imprimer son image dans son esprit. Puis, les onze justiciers descendirent à la suite du domestique dans les sous-sols.

Les investigations reprirent mais, malgré toutes les menaces que déployèrent tour à tour Percival, le procureur et Hugh Hobbes qui se proposait de briser quelques os au majordome, l'homme ne put leur dire où se trouvait l'entrée des souterrains qui abritaient les adeptes des forces occultes.

Elsie n'était pas satisfaite du tour que prenait leur enquête. Quoiqu'elle la trouvât étrange, elle appréciait Isadora et la savoir aux prises avec ces sombres personnages dans un temple occulte voué aux ténèbres l'inquiétait plus qu'elle ne l'aurait soupçonné. Si les forces invisibles n'étaient pour elle qu'une étrange perspective, elles avaient pour la médium une réalité tangible. Elle tourna son regard dans l'obscurité des caves. Dans ce bel espace ordonné et propre, le vin se bonifiait en paix. Elle la vit soudain. Une lumière d'argent déjouait les ombres autour d'elle. Elsie s'approcha d'une antique tapisserie trônant au milieu des caves. Dans un paysage paisible, une belle licorne blanche et argentée la regardait dans les yeux. *Une licorne ?*

— La licorne est le symbole de la pureté, n'est-ce pas ?

Son allié le plus proche, le Procureur Muir s'approcha, en rajustant son lorgnon.

— Oui… Dans mes souvenirs, elle peut aussi symboliser le Christ…

Elsie eut un sourire mauvais et écarta la tapisserie d'un geste brusque. *Le Christ ? Ils se jouent de la justice des hommes et de celle de Dieu.* Un mur plein se trouvait derrière la tenture. La jeune femme s'y appuya de tout son poids et le fit pivoter sous le regard médusé du procureur.

— Revenez ici tout de suite !

Au lieu de lui obéir, Elsie s'enfonça dans le couloir sombre où une légère clarté éclairait ses pas. Elle plongea sa main dans sa poche, en sortit son revolver et entendit des pas précipités derrière elle. Elle atteignit la source de la lumière et l'odeur la frappa. Outre la moisissure et l'humidité, une puanteur faite de pourritures, de soufre, de fumées, de viscères et d'urine saisit Elsie à la gorge. D'instinct, elle protégea son nez de sa main. Elle jeta quand même un coup d'œil par la porte ouverte. Une vaste salle éclairée par de multiples bougies noires s'ouvrait devant elle. Des crânes, des diables, des démons, des pentacles, des os, des peaux de bêtes gravées de runes et nombre de signes inconnus. Elsie en fut pétrifiée. *C'est... immonde...*

— Police ! cria Percival juste à côté d'elle. Au nom de la Reine, arrêtez cette diablerie !

Percival entra le premier, suivi de près par Stuart, Hugh Hobbes et William Baylen. Les autres suivirent et Elsie, remise de son effarement, leur emboîtait le pas, quand le Procureur Muir l'en empêcha.

— Ces lieux ne sont pas faits pour une jeune Lady ! trancha-t-il.

Elsie ne se donna pas même la peine de répondre, sachant d'avance que rien de ce qu'elle dirait ne pourrait convaincre le digne serviteur de la reine. Quand elle passa devant lui, le pauvre homme constata qu'elle était armée et faillit en perdre son lorgnon. Un hurlement l'arracha à ce détail et l'obligea à reporter son attention sur la scène qui se déroulait non loin de lui.

— Mais ont-ils tous perdu le sens commun ? bafouilla-t-il.

Positionnée en cercle, une dizaine de silhouettes encapuchonnées psalmodiait sans interruption une étrange litanie dans une langue gutturale. Au centre du cercle des adeptes, un pentacle avait été dessiné sur le sol au milieu duquel Isadora, ligotée à un siège, hurlait comme une damnée.

— Sainte-Mère de Dieu, protégez-moi ! Sainte-Mère de Dieu, protégez-moi ! Sainte-Mère de Dieu, protégez-moi !

Isadora luttait encore. Elle criait pour couvrir les invocations sataniques des fidèles des forces obscures. Au-dessus d'elle, Philip Blackstone lui versait sur la tête le contenu d'une coupe d'or qui, au vu de la couleur et de la consistance du liquide, ne pouvait être que du sang. Quand le liquide atteignit sa tête, Isadora fut frappée de tétanie et, dans un dernier regard épouvanté, articula « Tuez-moi ! », puis fut submergée. Ses yeux se révulsèrent et un sourire horrible, monstrueux, défigura son beau visage.

— Je vous ai ordonné d'arrêter cette diablerie ! hurla Percival en s'approchant.

Soudain, l'une des silhouettes bondit en direction de l'inspecteur. La lame d'une dague brilla à la lueur d'une bougie. Hugh Hobbes s'interposa entre l'inspecteur et le fanatique. Il fracassa le bras de l'agresseur avec sa matraque. L'homme lâcha son arme, son bras pendant en un angle peu habituel, mais ne cria pas. Il retourna à l'assaut et frappa le bobby de toutes ses forces, renversant le policier sous le choc.

Ce fut le signal. Tous les adorateurs des enfers, pris d'une transe dévastatrice, se ruèrent sur les intrus qui osaient venir interrompre leur messe diabolique. Dans des hurlements gutturaux, ils se jetaient pêle-mêle sur les onze.

Stuart, qui avançait vers le centre du pentacle, au secours d'Isadora, accueillit son premier assaillant par un coup de canne plombée sur le sommet du crâne, ce qui libéra le visage de Lady Mansfield de sa capuche. Elle hurla de douleur, ce qui n'empêcha pas Stuart de lui assener un grand coup de canne au niveau des genoux. La femme s'écroula en maudissant le détective. Une deuxième silhouette se jeta sur lui, lui griffant le visage avec force, visant les yeux de ses ongles. Stuart écrasa son poing contre la mâchoire de Lyane Mansfield et continua à avancer. Un homme surgit devant lui et reçut un coup de canne sur l'oreille, qui se fendit sous le choc.

Percival se jeta sur Philip Blackstone et le renversa au sol dans un parfait placage, comme le lui avait appris son entraîneur de rugby. Il le retourna, face contre terre, et lui passa des menottes qu'il serra au maximum. Il le maintenait fermement au sol, ne souhaitant pas expérimenter les dons d'hypnotiseur du mage. L'homme riait aux éclats.

— C'est trop tard ! triomphait-il. Vous avez perdu, vous avez tous perdu ! La Bête arrive !

— Taisez-vous, espèce de fou !

Percival empoigna le mage par les menottes et le releva. Il vit alors, à une dizaine de mètres de lui, Elsie aux prises avec un grand homme sec, qui tentait de l'assommer.

Dans la bousculade, Elsie avait perdu son revolver, mais elle était décidée à venir à bout de son adversaire à mains nues s'il le fallait. Elle esquivait les poings ennemis et ripostait avec violence. Son professeur de boxe aurait été fier d'elle. Surpris par les coups qu'il recevait, l'homme baissa sa garde et Elsie profita de l'ouverture pour lui placer un violent uppercut. Le grand sec tomba, sonné pour le compte. La détective sauta sur place, secouant sa main droite douloureuse. Il avait la mâchoire solide ce cuistre ! Percival surgit à ses côtés et faillit subir les affres de la colère d'Elsie, avant qu'elle ne s'aperçoive que l'homme était un ami.

— Restez à côté de moi, Miss Worthington, lui intima-t-il.

Il s'empara de l'adversaire battu de la détective et le releva sans ménagement. Aux quatre coins de la pièce, les onze parvenaient peu à peu à maîtriser leurs adversaires, quand un coup de feu retentit. Les cheveux d'Elsie se hérissèrent sur sa tête. Qui s'était emparé de son arme ?

Elle se tourna et souffla d'aise. À côté d'elle, le procureur avait tiré en l'air, requérant ainsi l'attention de l'assistance.

— Au nom de la Reine, vous êtes tous en état d'arrestation !

Sa voix portait en elle toute la colère et l'indignation d'un homme d'ordre et de loi confronté à un tel chaos. Son intervention permit aux policiers présents de passer les menottes aux plus véhéments et de réunir dans un coin tous les disciples du nécromancien. Seul Otto Neumann gisait encore sur le sol, assommé par les multiples coups de matraque que lui avait administrés Hugh Hobbes. D'après le visage du bobby, Otto n'avait pas été un adversaire facile à calmer.

Le procureur contemplait avec incompréhension les fous dangereux, qui formaient le cercle. Il en connaissait la plupart, pour les avoir côtoyés dans les salons de la bonne société. *Des Ladies, des gentlemen et même des Lords ?* Les adeptes s'échauffaient encore en contemplant le résultat de leur cérémonie. Loin de regretter leurs agissements, ils souriaient, riaient même, heureux de la belle réussite de leur entreprise diabolique. Le procureur ne comprenait pas. Ces événements dépassaient de loin son entendement.

Par réflexe, il fixa le point que tous ces enragés observaient avec tant de satisfaction. *La femme ligotée ?*

Le procureur s'approcha de la malheureuse, certain de trouver une pauvre créature traumatisée par tant d'horreurs. La femme lui cracha dessus.

— Libérez-moi, créatures inférieures ! hurlait Isadora à s'en déchirer les cordes vocales. Libérez-moi ou il vous en cuira !

Elsie, Stuart, Percival et William Baylen tentaient de raisonner la médium… En vain…

— Cette pauvre femme a-t-elle perdu l'esprit ? s'inquiéta le Procureur Muir.

— Elle est médium… précisa Elsie.

— Possession ? tenta le journaliste en ne lâchant pas la spirite du regard.

Stuart inspira à pleins poumons, alors que l'image du père O'Brien s'imposait à lui. *Si vous en rencontrez un, combattez-le ! Les anges seront à vos côtés.*

— Nous allons voir, trancha Stuart.

Il sortit sa médaille-croix de saint Benoît, présent du père O'Brien, et l'approcha d'Isadora. La femme aux yeux révulsés fixa pourtant son regard aveugle sur lui.

— Arrière, éloigne ça de moi !

Sans aucun égard pour le corps de la spirite, la créature se débattait dans ses liens, endommageait les poignets et les chairs de celle qu'elle possédait, lançait des coups de pieds, ruait, sautait sur le siège.

Quand ils virent Stuart sortir la médaille, les fanatiques se mirent à hurler eux aussi, ce qui leur valut quelques coups pour les faire taire et les ramener à un taux d'excitation tolérable.

— Ce corps ne t'appartient pas ! dit Stuart d'une voix forte.

— Ce corps est à moi ! On me l'a donné !

Isadora cracha au visage de Stuart. D'un geste calme, il s'essuya et fixa le regard vide de la femme. Il souleva sa paupière droite et trouva la pupille révulsée vers le bas. Il posa sa main sur la tête de la médium.

— Crux Sancti Patris Benedicti ! Crux Sancta sit mihi lux[5] ! articula-t-il à l'oreille d'Isadora.

Elsie, Percival, le journaliste et le procureur le regardèrent interdits.

— Non draco sit mihi dux ! Vade retro Satana[6] !

Isadora hurla. Cependant, ses vociférations n'étaient plus empreintes de colère, mais de peur et de souffrance. Stuart

---

[5] La Croix du saint Père Benoît ; Que la sainte Croix soit ma lumière.

[6] Que le dragon ne soit pas mon chef. Va ! Arrière Satan !

brandissait la médaille de saint Benoît devant les yeux blancs de la médium.

— Nunquam suade mihi vana[7] !

Elsie se ressaisit soudain. *Il faut l'aider. Il faut les aider !* Elle frotta avec frénésie de son pied le pentacle au sol. Les clameurs d'Isadora et des occultistes redoublèrent. Percival, le procureur et le journaliste se firent un devoir d'aider Elsie dans sa tâche. Ils détruisirent le pentacle et, soudain, le procureur se saisit d'une croix retournée et la renversa pour lui rendre sa forme sanctifiée. Percival, le journaliste et Elsie se précipitèrent sur tous les symboles sataniques de la pièce. Ils les brisaient, les jetaient au sol et rendaient aux symboles chrétiens détournés leurs formes premières.

— Sunt mala quae libas ! Ipse venena bibas[8] ! continuait Stuart.

Les policiers qui surveillaient et repoussaient les nouveaux assauts des adeptes avaient du mal à ne pas regarder ce qu'il se passait derrière eux. Hugh Hobbes se mit soudain à réciter ses prières, tout en maintenant le grand sec contre le mur où les satanistes avaient été repoussés. Le bobby à côté de lui l'observa d'un œil peu rassuré, puis des prières franchirent à leur tour les lèvres du policier. Bientôt, en anglais, en latin, en hébreu, des prières s'élevèrent des quatre coins du sous-sol au milieu des cris de rage de la médium et des ténébreux.

— Crux Sancti Patris Benedicti ! Crux Sancta sit mihi lux[9] ! reprit Stuart.

C'est un combat de volonté ! Les paroles du père O'Brien prenaient tout leur sens. *Il faut vouloir chasser le démon davantage que lui ne veut rester.*

— Non draco sit mihi dux ! Vade retro Satana[10] !

---

[7] Ne m'inspire pas des choses vaines !

[8] Elles sont mauvaises les choses que tu verses ! Bois toi-même tes poisons !

[9] La Croix du saint Père Benoît ; Que la sainte Croix soit ma lumière.

Elsie, qui avait achevé son œuvre de destruction, déboutonna son haut col et sortit une médaille qu'elle portait autour du cou. La Vierge Marie, debout, tenait dans ses bras l'enfant Jésus.

— Ave Maria, gratia plena, Dominus tecum, benedicta tu in mulieribus, et benedictus fructus ventris tui Iesus[11]… récita Elsie en brandissant la Vierge devant le visage déformé d'Isadora.

— Sunt mala quae libas ! Ipse venena bibas[12] ! continuait Stuart.

Les prières se mêlaient, Percival, les policiers, le journaliste et même le procureur formaient avec Stuart et Elsie un chœur sacré où le Dieu de lumière était évoqué sous toutes ses formes, où chacun voulait le départ de ce qui avait été invoqué par le nécromancien, où tous voulaient libérer la femme ligotée sur le fauteuil. Elle se débattait avec faiblesse désormais, submergée par les paroles saintes, soumise au flot des volontés bienveillantes. Elle se cabra et retomba sans connaissance dans le fauteuil. Stuart maintint la tête d'Isadora, mais acheva sa prière avant de s'approcher d'elle. Les prières s'éteignaient les unes après les autres. Dans un silence soudain religieux, nul n'osait parler. Qui était victorieux ? Les ténèbres ou la lumière ?

Stuart fit basculer le visage d'Isadora en arrière. Telle une poupée, le corps était vide. Il souleva la paupière, puis prit le pouls. Un léger battement lui répondit.

— Isadora ?

Pas de réponse. Elsie s'approcha de la médium et lui tapota la main. Stuart sortit une petite fiole d'eau bénite de sa poche.

---

[10] Que le dragon ne soit pas mon chef. Va ! Arrière Satan !

[11] Je vous salue Marie, pleine de grâces ; Le Seigneur est avec vous ; Vous êtes bénie entre toutes les femmes, et Jésus le fruit de vos entrailles est béni.

[12] Elles sont mauvaises les choses que tu verses ! Bois toi-même tes poisons !

— Isadora ? M'entendez-vous ? recommença Stuart.

Rien. Stuart fit couler quelques gouttes d'eau sur la tête de la médium. Toujours rien.

Le procureur serra les lèvres dans une moue contrariée, puis se tourna vers les policiers et leurs prisonniers. Il ne les laisserait pas jouir du spectacle de leur victime plus longtemps.

— Messieurs, réunissez ces tortionnaires dans le hall et appelez Scotland Yard. La nuit va être longue.

Malgré les protestations du mage et de ses disciples, les bobbies se firent un devoir de les conduire avec le renfort de Percival et du procureur hors de la pièce où ils avaient accablé leur captive.

Restés seuls avec Isadora, Stuart, Elsie et le journaliste tentaient de lui faire reprendre ses esprits.

— Pensez-vous qu'elle s'en remettra ? demanda Elsie sans pouvoir dissimuler son inquiétude.

— Je ne sais pas. Il faudrait qu'elle revienne à elle afin que nous puissions vérifier qu'elle est bien elle-même. Elle a besoin de soin, mais je n'ose pas la détacher avant d'être certain que nous n'aurons pas affaire à l'esprit diabolique...

Elsie observa son cousin.

— Êtes-vous certain qu'il s'agissait d'un esprit ? N'était-ce pas une crise de... Je ne sais pas... Cela pourrait venir d'elle ? suggéra le journaliste.

— Un esprit ou elle, peu importe, trancha Elsie. L'important, c'est qu'Isadora revienne à nous.

Une légère plainte la fit sursauter. La médium ouvrit les yeux, puis les referma aussitôt.

— Isadora ?

Stuart fit basculer le visage en arrière et observa les yeux. Derrière les paupières mi-closes, Stuart vit les pupilles sombres le fixer.

— Sortez-moi... d'ici, murmura-t-elle. Par... pitié...

Stuart et Elsie s'acharnèrent aussitôt sur les liens retenant les poignets de la prisonnière et William Baylen fit le tour du siège pour détacher la corde qui la serrait contre le dossier. Enfin libre, Isadora tenta de se lever, mais toutes ses forces avaient été drainées hors d'elle. Elle retomba dans un choc sourd contre le dossier de la chaise.

— Permettez, dit soudain le journaliste.

Il s'empara d'elle, la fit basculer en avant et la chargea en travers de ses épaules, la maintenant par une jambe et un bras.

— Désolée, Madame, mais à la guerre comme à la guerre.

Il se précipita hors de la salle sous le regard médusé d'Elsie qui lui emboîta le pas. Stuart resta en arrière. *À la guerre comme à la guerre*... Il avait déjà vu cette façon de transporter les blessés... Sur les champs de bataille... Il regarda une dernière fois l'étrange salle où ils venaient de porter haut les couleurs de la lumière. Il ne pouvait le nier. Au propre ou au figuré, la lumière avait affronté les ténèbres en ce lieu et elle en était sortie victorieuse. Stuart sortit de la cave et referma la porte derrière lui.

◆ ◆ ◆

Jeudi 18 juin 1891

S tuart et Elsie arrivèrent tôt à Old Bailey, l'une des hautes cours criminelles de la Couronne britannique. Ils avaient tous deux reçu un message du Procureur Muir leur demandant de venir le rencontrer au sein de son cabinet dans l'honorable institution. Située à proximité immédiate de la prison de *Newgate*, Elsie se demandait si elle allait ressortir libre de l'illustre cour de justice... Après tout, n'avait-elle pas désobéi à un procureur de la reine, tiré un revolver de sa poche en plein Londres, boxé un pair du royaume, porté un pantalon hors de tout usage d'une bicyclette... et, à bien y réfléchir, un procureur zélé pourrait encore trouver deux ou trois infractions à lui reprocher.

De son côté, Stuart était plus serein, mais il aurait voulu se rendre au chevet d'Isadora le matin même, la pauvre femme ayant été conduite dès que possible à l'hôpital le plus proche, dans un état d'extrême épuisement, les poignets lacérés. Les médecins avaient, en outre, découvert une profonde entaille derrière son oreille, là où le nécromancien avait prélevé du sang pour confectionner l'immonde philtre qu'il lui avait versé sur la tête. De plus, Stuart devait encore s'occuper de Lumière et rendre visite au père O'Brien.

Lorsqu'ils atteignirent le lieu de rendez-vous, ils eurent la surprise de voir Percival attendre devant la porte. L'inspecteur les vit arriver avec soulagement.

— Bien heureusement, vous avez pu venir, leur dit-il pendant que les deux détectives le rejoignaient.

— Bonjour Inspecteur, le salua Stuart. Que se passe-t-il ?

Percival haussa les épaules de dépit.

— Je suppose que Monsieur le Procureur Muir souhaite obtenir de plus amples informations sur le chaos d'hier soir. Il faut dire que nous retenons un membre de la Chambre des lords, deux Ladies et l'honorable fille de l'une d'elles, deux honorables membres du barreau, un pharmacien, un médecin et l'épouse de l'un des plus éminents économistes de Grande-Bretagne, sans compter Messieurs Blackstone et Neumann. En outre, grâce à votre ami le journaliste, la cérémonie d'hier n'a plus de secret pour personne dans tout le Royaume-Uni. Juste avant de partir de Scotland Yard, mon supérieur est venu en personne dans mon bureau pour me passer le plus beau savon de toute ma carrière.

Les épaules de Percival s'affaissèrent, montrant assez le découragement du jeune inspecteur. Stuart et Elsie n'eurent pas même le temps de l'encourager, que la porte derrière eux s'ouvrit pour laisser apparaître le Procureur Muir. L'homme avait les traits tirés, la mine sombre et leur fit signe d'entrer sans autre forme de courtoisie. Il leur désigna une table de travail dans un angle de la pièce autour de laquelle ils prirent tous place.

— Madame, Messieurs, j'espère que vous allez me permettre d'éclaircir cette histoire car, sans cela, je pense que nos carrières à tous les quatre vont être brisées net. Compte tenu des personnes ayant été impliquées dans la grotesque cérémonie d'hier, je ne donne pas cher de notre peau si nous n'avons pas un dossier d'une extrême rigueur à présenter à Monsieur le Lord Chancelier.

Elsie et Percival ne purent réprimer un frisson d'angoisse. Seul Stuart demeura imperturbable, ce qui étonna le procureur.

— Que voulez-vous savoir, Monsieur le Procureur ? demanda-t-il avec calme.

Le Procureur Muir accusa le coup.

— Tout ! Je veux tout savoir ! Je ne comprends rien à cette affaire !

— C'est en effet une affaire complexe, mais qui n'a rien à voir avec les forces occultes, comme voudraient vous en convaincre Monsieur Philip Blackstone et ses adeptes.

Le procureur eut encore plus l'air ébahi et observa Stuart avec sidération.

— Comment savez-vous ? articula-t-il avec difficulté.

— La nature humaine étant ce qu'elle est, je vois difficilement cette honorable assemblée assumer sa participation à des cercles occultes, à l'enlèvement d'une femme, à sa séquestration et à sa maltraitance jusqu'à ce que la malheureuse perde l'esprit. En toute logique, ils se sont tous retournés contre le mage et son serviteur, s'indignant des manipulations dont ils ont été victimes et des abus financiers qu'ils n'ont pas dû manquer de dénoncer.

Le procureur s'adossa à sa chaise et se calma. Tout espoir n'était peut-être pas perdu. Cet étrange détective boiteux pouvait détenir une solution à ses multiples problèmes.

— Je vous écoute, Monsieur Spencer.

En vérité, Percival se penchait aussi en avant pour mieux entendre ce que le détective avait à dire.

— Elsie, voulez-vous commencer ? l'invita Stuart.

La jeune détective se redressa sur sa chaise alors que le procureur reperdait de sa superbe. Une femme n'allait tout de même pas lui expliquer…

— Tout a commencé il y a environ quatre ans à Southampton. Une succession de meurtres commis par des personnes devenues soudain amnésiques s'est produite dans cette ville, sans pour autant que les forces de police locales ne relient les différents homicides entre eux. D'après les journalistes interrogés par Monsieur Baylen, les assassinats se sont arrêtés au moment même où les policiers en charge des différentes enquêtes entrevoyaient des points communs. La série s'étant tarie, les enquêtes furent bientôt abandonnées et les prétendus meurtriers sans souvenirs furent condamnés pour les crimes commis. Quelques mois plus tard, un nouveau cycle apparaît à Birmingham. Les journaux de la région décrivent le même genre d'homicides que ceux commis à Londres ces derniers dix-huit mois. Même cause, même effet. À partir du moment où la police a commencé à s'intéresser à ces meurtres en tant qu'un enchaînement et non pas en tant que crimes isolés, les tueurs ont disparu. Ces événements nous amènent à la série londonienne mise en lumière par l'inspecteur Montgomery. Lorsqu'il a été chargé de l'affaire Sophia Edwards, les circonstances de ce crime lui ont rappelé une enquête qu'il avait précédemment menée sur l'assassinat d'une vieille femme par sa cousine, avec laquelle elle vivait en paix depuis de nombreuses années. La pauvre accusée étant morte en prison, elle ne pouvait plus nous aider dans notre enquête. Toutefois, grâce à quelques recherches, l'inspecteur Montgomery découvrit un homicide aux circonstances similaires : le premier crime commis à Londres, l'assassinat d'une jeune fille par son frère, Garrett Carnaby, jeune homme à la bonne réputation, posé, travailleur et honnête.

Percival et le procureur oscillaient entre admiration et stupéfaction face à l'exposé clair et déterminé que leur faisait Elsie.

— Garrett Carnaby n'avait rien d'un tueur, reprit Stuart. Je suis allé interroger le prêtre en charge de la paroisse où le drame s'est déroulé. Il m'a confirmé que cette famille était honnête, croyante et que rien ne pouvait laisser présager un tel acte. Pire, il m'a dit avoir rendu visite à plusieurs reprises au jeune homme lorsqu'il était emprisonné et, à l'inverse des autres hommes qu'il avait accompagnés à l'échafaud, Garrett Carnaby était soulagé d'avoir été condamné à mort. Il décrivait son amnésie comme une bénédiction car Dieu lui permettait de ne pas se souvenir de la monstruosité qu'il avait pu commettre. Les dernières pensées de ce malheureux ont été pour sa sœur et le salut de l'âme de cette dernière. Ce comportement n'a rien à voir avec l'attitude habituelle des assassins. Le père O'Brien a alors été persuadé que ce jeune homme était innocent du meurtre pour lequel il avait été exécuté… et nous avons rejoint son point de vue. Nous sommes donc partis du principe que Garrett Carnaby et tous les autres assassins amnésiques, y compris la commerçante dont nous avions entre-temps retrouvé la trace, étaient innocents. Restait à découvrir comment le véritable tueur s'y prenait et, surtout, quelles étaient ses motivations ?

— Pour ma part, reprit Elsie, j'étais certaine que Sophia était innocente. Bien que tout l'accablât - le testament de sa mère, les disputes qui les opposaient, les circonstances du crime -, je savais que, d'une manière ou d'une autre, elle était innocente. Il fallait trouver qui avait eu la possibilité d'assommer Sophia et d'assassiner sa mère dans leur propre salon. Peu après, Sophia m'avoua avoir été convaincue de faire la saison par un mage. Moi qui ai toujours été cartésienne, je dois avouer qu'une telle confession m'a plongée dans la plus grande perplexité. Je me suis demandé si de telles pratiques étaient communes ou rares, comme je le pensais. Lors d'une conversation avec ma belle-sœur, je me suis aperçue que l'intérêt pour l'ésotérisme était plus répandu que je ne l'imaginais. Consciente de notre profonde ignorance de ce milieu, ma belle-sœur nous a présentés, à Stuart et à moi-même, une dame dont elle louait les qualités médiumniques et les connaissances ésotériques : Madame Isadora Lewis. Grâce à elle, nous avons pu intégrer des cercles spirites huppés et rencontrer le mage dont nous avait parlé Sophia.

— En parallèle, intervint Stuart, l'inspecteur Percival Montgomery a découvert que les différentes victimes des assassinats londoniens des tueurs amnésiques avaient, peu de temps avant leur mort, légué des sommes importantes à des sociétés spirites. Cependant, lorsqu'il chercha à retrouver la trace de ces sociétés, il s'aperçut qu'elles avaient toutes été dissoutes peu de temps après les dons en question.

Percival acquiesça d'un signe de tête. Il était heureux et reconnaissant que les détectives ne l'oubliassent pas dans le récit des faits. Le procureur lui jeta d'ailleurs un coup d'œil intéressé, avant de se reconcentrer sur le récit des détectives.

— Un cinquième assassinat a alors été commis, continua Stuart. Prévenus aussitôt, nous nous sommes précipités sur les lieux du drame et, pendant que les policiers emmenaient la jeune Alice Ferrers, j'ai pu lui demander si elle avait consulté un mage. Elle me répondit par l'affirmative. Nous tenions notre lien entre ces crimes sans queue ni tête. L'analyse de la poudre blanche dont avait été aspergée la prétendue meurtrière nous confirma nos doutes : ceux qui étaient retrouvés sans conscience et restaient amnésiques après les meurtres étaient drogués au moyen d'un dérivé de bromure de potassium, un puissant anesthésique pouvant, à hautes doses, déclencher des nausées. Usant de ses dons d'hypnotiseur, Philip Blackstone faisait avaler à ses victimes cette poudre volatile qui se déposait alors sur leurs vêtements. Puis, Otto Neumann pouvait les assassiner sans coup férir.

— Nous devions nous plonger davantage dans le milieu ésotérique, intervint Elsie, et chercher à comprendre si le mage engagé par la mère de Sophia Edwards était le même que celui consulté par Raynald Ferrers et sa sœur. Je me rendais alors chez Lady Mansfield et sa fille afin de discuter avec elles. Nous avions rencontré ces deux dames lors d'une réunion spirite où nous avait amenés Madame Isadora Lewis. Le comportement de ces deux femmes m'avait paru suspect, tant elles semblaient soumises au pouvoir du mystérieux mage Philip Blackstone. J'eus la surprise en me présentant chez elles à la première heure, de constater qu'elles recevaient depuis quelque temps déjà Philip Blackstone et son serviteur, Otto Neumann. L'accueil qui me fut fait, alors que j'avais respecté les règles de la courtoisie, m'a paru étrange et j'eus bientôt la conviction d'avoir interrompu quelques préparatifs d'importance. Au final, je fus jetée dehors, au prétexte que je perturbais les pouvoirs de Philip Blackstone par mon attitude.

Le procureur sourit, conscient que le comportement de cette jeune détective pouvait en effet perturber plus d'un gentleman. Elsie remarqua l'expression du magistrat et Stuart en profita pour reprendre la parole :

— Notre enquête piétinait lorsque les meurtres du « 6 » furent commis. Ce fut la première erreur de nos adversaires. Pour détourner l'attention de la police et notamment celle de l'inspecteur Montgomery, trois assassinats furent commis dans la même nuit, sans l'usage de drogues mais avec une cruauté singulière, les assassins utilisant, à l'instar de Jack l'Éventreur, le sang des victimes pour laisser un message à la police. Cette manœuvre ne manqua pas d'atteindre son but et, bientôt, tout Londres se demandait si l'Éventreur était revenu. À ce moment-là, Madame Isadora Lewis est venue me prévenir qu'une messe noire d'une ampleur sans précédent s'était déroulée en même temps que ces exécutions. Pour ma part, je considérais qu'il était pour le moins improbable que deux tueurs liés à l'occultisme puissent sévir simultanément dans la capitale. D'une manière ou d'une autre, les meurtres du « 6 » étaient liés aux tueurs amnésiques. Ces crimes nous démontraient, en outre, les talents de passe-muraille des tueurs. Toutes les portes des personnes assassinées cette nuit-là avaient été ouvertes par les criminels. Otto Neumann alliait donc à ses compétences d'assassin, des talents de voleur, ce qui lui permettait de refermer les portes après leur passage pour ne laisser que l'innocent amnésique sur les lieux du crime.

— Outre ces événements, se faufila Elsie, j'appris que l'assistant du propre avocat de la famille Edwards avait vendu des informations sur le contenu du testament de la mère de Sophia à une femme, avant le drame. Lorsqu'il donna à l'inspecteur Montgomery la description de celle qui avait pris des renseignements si suspects, l'identité du commanditaire m'apparut : Madame Carmilla Walsh, l'amie intime du couple. Avec l'aide d'Isadora Lewis, nous avons organisé une fausse réunion spirite pour confondre les assassins. Malheureusement, seule la commanditaire se laissa prendre au jeu et avoua son implication. Cet aveu permettait d'éloigner la potence de Sophia Edwards, mais ne nous donnait pas le nom des assassins engagés.

— La veille de cette révélation, j'avais raccompagné Madame Lewis à son domicile car elle avait un mauvais pressentiment. Elle ne se trompait pas puisque trois crapules l'attendaient chez elle pour l'enlever. Je parvins à les mettre en fuite mais, malgré la protection policière dont elle bénéficia par la suite, elle fut enlevée en plein jour par quatre femmes.

— Quatre femmes ? s'exclama le procureur, mais c'est...

— C'est le nombre de femmes ayant assisté à la messe noire d'hier.

— Vous voulez dire que la malheureuse ligotée à la chaise au milieu de cette folie a été enlevée par Lady Mansfield, l'honorable Lyane Mansfield, Lady Cairns et Madame Alexander ?

— Qui d'autre, Monsieur le procureur ? À cet égard, vous pourrez faire témoigner l'agent Lester Roberts, qui était en faction devant le domicile de Madame Lewis, lorsque ces quatre femmes, déguisées en blanchisseuses, l'ont enlevé en l'enfermant dans une malle de linge sale. L'adoration que ressentaient et que ressentent encore les disciples de Philip Blackstone pour leur mage tout-puissant les a poussés à obéir à tous ses ordres afin d'obtenir ce qu'ils souhaitaient : la fortune, le pouvoir, l'objet de leur convoitise : un époux, une position, que sais-je encore ? Persuadés que leur diabolique mentor les protégerait de tout, ils ont commis bien des crimes.

— Vous voulez dire les meurtres du « 6 » ? s'étrangla le procureur.

— Par ces homicides ou enlèvement, les occultistes démontraient leur attachement au mage qui, en contrepartie, leur offrait ce qu'ils souhaitaient.

— C'est impossible ! Le médecin légiste a démontré que les meurtres du « 6 » avaient été commis par le même assassin.

— Oui, Otto Neumann, intervint Percival. C'est la seconde erreur. L'âme damnée de Philip Blackstone devait s'assurer que les crimes seraient commis. Ce que n'avait pas prévu le mage, c'est le déchaînement sanguinaire de son assistant. Ivre de sang, Otto Neumann n'a pu contenir ses instincts meurtriers et, au lieu de laisser les autres disciples assassiner ces pauvres malheureux, il s'est chargé lui-même de la besogne, laissant ainsi sa marque sur les trois cadavres. Suivant l'intuition de Monsieur Spencer, j'ai fait comparer les coups mortels portés sur ces cadavres à ceux des personnes assassinées par les tueurs amnésiques. Le médecin légiste est formel : le tueur est le même dans les cinq derniers cas. À cause de la folie furieuse de ce dangereux aliéné, les deux séries d'assassinats sont reliées, ce qui ne va pas faire l'affaire de nos Lords, Ladies et autres praticiens de magie noire.

— Le légiste est formel ? demanda le procureur en scrutant Percival.

— Oui, Monsieur le procureur. Il a rendu son rapport hier dans la soirée, je l'ai trouvé en rentrant à Scotland Yard cette nuit.

Le procureur eut une moue satisfaite.

— Bien joué, Inspecteur. Je vous écoute.

Percival se tourna vers Stuart et Elsie qui lui firent signe de terminer l'explication.

— Dès que nous sommes arrivés cette nuit et que nous avons su l'identité des adorateurs de Philip Blackstone, j'ai fait procéder à des investigations avec votre permission sur les comptes bancaires de ces personnes. Il s'est avéré qu'au cours des trois derniers jours, de très grosses sommes ont été versées sur un compte que j'ai fait bloquer à la première heure. Ce compte appartient à un certain Raul de Oliveira et il a été alimenté de façon régulière chaque fois qu'un meurtre était commis. De petites sommes au début, probablement les dons aux associations spirites, puis des sommes d'une tout autre importance à partir de l'assassinat de Madame Edwards. Je suis tenté de penser que les premiers crimes constituaient des entraînements jusqu'à ce que les tueurs, revêtus d'un uniforme de bobby, soient au point pour s'introduire en toute discrétion chez les gens, les droguer et les assassiner, puis repartir sans laisser de traces. Par la suite, grâce à l'entremise de Philip Blackstone, qui persuadait les crédules de ses pouvoirs, le duo vendait leurs talents meurtriers à des personnes fortunées souhaitant se débarrasser de quelqu'un, le plus souvent pour obtenir un héritage. À cet égard, je vous demanderais de bien vouloir faire arrêter le neveu de Lord Ferrers qui a fait assassiner son cousin afin d'hériter de la pairie.

Le procureur soupira, mais acquiesça d'un signe de tête.

— Ce sera fait. Avez-vous autre chose à me préciser avant que j'aille faire mon rapport au Lord chancelier ?

— Oui, intervint Elsie. Il existe une autre erreur ! Dans leur précipitation à atteindre des sphères plus fortunées de la population, le prétendu mage et son assistant tueur ont laissé derrière eux deux témoins : le majordome des Edwards et Madame Isadora Lewis, qui ne devait pas survivre à la cérémonie de cette nuit. Elle pourra identifier les femmes qui l'ont enlevée, ainsi que tous les protagonistes de cette cérémonie diabolique. À ce sujet, j'attire votre attention sur l'extrême nécessité de veiller sur cette femme car je pense que le nombre de ses ennemis ne va faire que croître.

— Madame Lewis est sous protection policière, jour et nuit, répondit le procureur. Elle est un témoin clé de l'accusation et je ne tolérerai pas qu'elle soit de nouveau malmenée. Toutefois, si vous me permettez cette réflexion, le scandale est déjà si énorme que les membres des familles des personnes arrêtées cette nuit se détournent d'elles avec une célérité extraordinaire. Monsieur William Baylen a bien travaillé.

— Si je puis me permettre une autre réflexion, osa Stuart, quand les membres de ces éminentes familles sauront quel était l'objet de ces messes noires, elles féliciteront les forces de police de la *Metropolitan* qui leur auront sans doute évité un assassinat en bonne et due forme ou une inculpation pour un meurtre dont ils auraient été innocents.

Ils acquiescèrent tous et, après quelques autres précisions, se séparèrent laissant le soin au Procureur Muir d'expliquer l'incroyable situation au Lord Chancelier.

◆◆◆

Lundi 5 octobre 1891

— Le nécromancien est mort ! Demandez les dernières nouvelles ! Le nécromancien est mort !

La vieille femme brandissait le *Pall Mall Gazette* devant chaque passant, dans l'espoir que l'un ou l'autre achèterait un exemplaire. Stuart échangea une pièce contre un journal, mais ne se donna pas la peine de le lire. Il irait grossir les archives du cabinet.

Le scandale n'avait pas désenflé de tout l'été. Accablés par les preuves réunies contre eux, les accusés n'avaient eu aucune chance de faire croire à leur innocence. Les adeptes échappèrent à la peine capitale, mais furent condamnés à de lourdes peines de prison. En revanche, Otto Neumann avait été dispensé de peine, puisqu'il s'était pendu dans sa cellule un matin de septembre. Celui qui se faisait appeler Philip Blackstone, quant à lui, avait été reconnu coupable de tous les chefs d'accusation portés contre lui par la Couronne et avait été exécuté le matin même.

Pourtant, tous ces morts, tous ces procès ne passionnaient plus Stuart. Après plusieurs mois de silence, il avait enfin reçu ce qu'il attendait plus que tout. Un mot d'Isadora.

> *« Monsieur Spencer,*
>
> *J'espère que vous pardonnerez mon trop long silence mais Monsieur le procureur avait été très strict sur ce point : tant que le procès n'était pas terminé, je devais me tenir éloignée de tous les acteurs de l'étrange enquête qui nous a réunis. Maintenant que toute cette horrible affaire est terminée, je souhaiterais vous revoir.*
>
> *Si vous le pouvez et le voulez, je serai ravie de vous recevoir à l'heure qu'il vous plaira, aujourd'hui ou un autre jour à votre convenance, pour prendre un thé en votre compagnie.*
>
> *Dans l'espoir de votre visite,*
> *Sincèrement,*
> *Isadora Lewis ».*

Stuart fut plus heureux qu'il ne l'avait imaginé de cette invitation. Toute affaire cessante, il annula tous ses rendez-vous de la journée, se prépara avec soin sous le regard amusé d'Elsie et prit la direction de *Hyde Park*. Le ciel était gris mais il ne pleuvait pas… du moins pas encore. Il longeait avec ravissement les belles allées du parc et sa jambe lui paraissait moins rétive qu'à l'ordinaire. À moins qu'il ne s'agît de son cœur qui était moins lourd qu'à l'accoutumée ? Elsie se serait moquée de lui, mais les mois passés lui avaient fait apprécier davantage les qualités de la médium. Il avait été fort contrarié lorsque le Procureur Muir avait exigé qu'Isadora quittât Londres pour le temps de l'instruction et du procès. Trop de familles puissantes étaient impliquées et la vie d'une femme n'était parfois qu'un détail pour certains. Le procureur de la reine ne voulait prendre aucun risque. Il avait envoyé Isadora à la campagne, sous protection policière, et la dame avait disparu de la vie des détectives aussi vite qu'elle y était entrée.

L'« affaire des nécromanciens », comme l'avait baptisée William Baylen, avait eu un retentissement extraordinaire. Quand le *Pall Mall Gazette* avait réuni sous ce nom les deux séries de crimes des tueurs amnésiques et des meurtres du « 6 », le scandale avait été énorme, bouleversant, destructeur. Le Royaume-Uni avait tremblé, une fois de plus, sous les révélations qui surgissaient jour après jour, voire plusieurs fois par jour, dans la presse. William Baylen n'étant pas un ingrat, l'inspecteur Percival Montgomery, l'agence Worthington & Spencer et le Procureur Muir avaient été loués pour leur grande perspicacité et leur volonté que la justice de la reine passât, quelles que fussent les personnalités impliquées dans cette affaire. La libération de Sophia et d'Alice avait été relatée dans tous les journaux et le nom de l'agence était apparu dans la quasi-totalité des articles. Les détectives croulaient depuis lors sous les demandes d'enquêtes multiples et variées. Stuart n'avait guère revu le Procureur Muir, mais il avait eu la joie de rencontrer à de multiples reprises Percival, Hugh Hobbes et le père O'Brien. Quand le détective avait raconté au prêtre ce qu'il s'était passé dans la cave dédiée aux pratiques sataniques, l'homme de Dieu s'était contenté d'écouter avec attention et avait finalement souri. *C'est ce qu'il se passe quand les partisans de la lumière s'allient, les ténèbres sont détruites.* En revanche, le père O'Brien avait émis le souhait de rencontrer Isadora. *Il est si rare de pouvoir s'entretenir avec quelqu'un qui côtoie le monde invisible dans la paix et la volonté d'aider son prochain. J'aimerais beaucoup rencontrer cette dame.* Stuart devait avouer qu'il en avait été fort surpris. Il fallait croire que les temps changeaient. Isadora, qui aurait été brûlée comme sorcière quelques siècles auparavant et que nombre de ses contemporains considéraient comme une aliénée, était désormais l'objet de toutes les curiosités de la bonne société britannique. Victoria se plaignait d'être constamment assaillie de demandes de présentation, de souhait d'être convié à une réunion spirite… *Comme si Édouard allait accepter que j'organise ce genre de curiosité dans notre salon !* s'indignait-elle. Stuart rejoignait sa cousine sur ce point, le strict, le très rationnel Édouard n'accepterait jamais qu'une telle soirée se passât sous son toit.

Stuart avait rejoint la rue d'Isadora. Il gravit les marches du perron d'un pas léger et s'engouffra dans le hall. Lorsqu'il atteignit le premier étage, la porte s'ouvrit aussitôt. Il fut saisi par le beau sourire de la médium. Dans sa robe fuchsia, elle était éblouissante. Telle un portrait de madone, elle vous frappait de stupeur. Stuart ne vit que sa bouche rose, ses grands yeux sombres et tomba dans un état de félicité. Il ôta son chapeau, au moment où un rayon de lumière traversait la verrière au-dessus d'eux. Les cheveux blond-roux du détective s'embrasèrent.

— Guerrier de lumière, soyez le bienvenu chez moi, dit-elle avec un grand sourire.

Stuart sourit à son tour. *Guerrier de lumière ? Pourquoi pas. Quitte à choisir un camp, autant servir la lumière.* Une odeur de biscuits frappa les narines du détective et lui mit l'eau à la bouche. Isadora lui céda le passage et Stuart fut accueilli par un miaulement haut perché. Lumière, le chat noir d'Isadora, s'approchait en ondulant avec grâce. L'après-midi promettait d'être délicieuse.

FIN

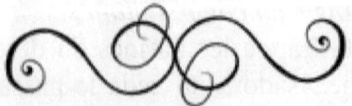

Pour les curieux

Pour ceux qui auraient l'envie ou le souhait d'approfondir leurs connaissances historiques sur la période victorienne ou l'ésotérisme au XIXème siècle, je peux vous conseiller une sélection des ouvrages, images et documents scientifiques qui ont soutenu mon inspiration et m'ont permis de rendre plausible l'arrière-plan historique de ce roman.

Je vous précise en outre qu'Elizabeth Fry (« L'ange des prisons »), Allan Kardec (le père de spiritisme), William Thomas Stead (le père du journalisme d'investigation), le colonel Sir Edward Bradford (*Commissioner* du CID) sont des personnages historiques sur lesquels vous pouvez trouver des renseignements.

SOURCES - LES RÉCITS ET OUVRAGES

• Camille FLAMMARION, *L'inconnu et les problèmes psychiques : manifestations de mourants, apparitions, télépathie, communications psychiques, suggestion mentale, vue à distance, le monde des rêves, la divination de l'avenir*, Paris, 1900.
https://gallica.bnf.fr/ark:/12148/bpt6k106827n/f5.image

• Allan KARDEC, *Qu'est-ce que le spiritisme. Introduction à la connaissance du monde invisible ou des esprits, contenant les principes fondamentaux de la doctrine spirite et la réponse à quelques objections préjudicielles*, Paris, 1863.
https://gallica.bnf.fr/ark:/12148/bpt6k134964c/f4.image

• Allan KARDEC, *Le livre des esprits*, Paris, 1889.
https://gallica.bnf.fr/ark:/12148/bpt6k55021806/f2.image

• Allan KARDEC, *Le livre des médiums*, Paris, 1863.
https://gallica.bnf.fr/ark:/12148/bpt6k770979?rk=278971;2

BIBLIOGRAPHIE - LES OUVRAGES ET ARTICLES

ALBERT Sabine, *Dictionnaire de Londres,* préface de Jean PRUVOST, Honoré Champion, 2012.

BEDARIDA François, *La société anglaise. Du milieu du XIXème siècle à nos jours*, Seuil, 1990.

CHASSAIGNE Philippe, *Histoire de l'Angleterre. Des origines à nos jours*, Flammarion, Champs, 1996 ; — Le crime de sang à Londres à l'époque Victorienne : essai d'interprétation des modèles de violence, *Histoire, économie et société*, 1993, 12e année,   n°4,   pp. 507-524 ; — Jack l'éventreur : l'exception ou la règle ?, *Histoire, économie et société*, 1989, 8e année, n°4. pp. 563-567.

CHESNEY Kellow, *Les bas-fonds de Londres. Crimes et prostitution sous le règne de Victoria*, Texto, 2007.

CORVISY Catherine-Émilie, MOLINARI Véronique, *Les femmes dans l'Angleterre victorienne et édouardienne. Entre sphère privée et sphère publique*, L'Harmattan, 2008.

CROSSICK Geoffrey, La bourgeoisie britannique au XIXe siècle. Recherches, approches, problématiques, *Annales. Histoire, Sciences Sociales*. n°6, 1998, pp. 1089-1130

FRAISSE Geneviève, PERROT Michelle (sous la direction de), *Histoire des femmes. Le XIXème siècle*, Plon, 1991.

GERNSHEIM Alison, *Victorian and Edwardian Fashion. A photographic survey with 235 illustrations*, New York, 1981.

GOODMAN Ruth, *How to be a Victorian*, Penguin, 2013.

GRAY Adrian, *Crime and Criminals of Victorian England*, Londres, The History Press, 2011.

GRIFFITHS Arthur (Major), *Victorian murders. Mysteries of police and crime*, Londres, The History Press, 1898, 2010.

HEFFER Simon, *The age of decadence. Britain 1880 to 1914*, Londres, Penguin Random house, 2017.

Londres 1851-1901. L'ère victorienne ou le triomphe des inégalités, Autrement, Série Mémoires, 1990.

METCALF John, *London A to Z,* 1953, Thames & Hudson, 2016.

METROPOLITAN POLICE, *Special Branch introduction and summary of responsibilities*, 2006.

MOSS Alan & SKINNER Keith, *The Victorian detective*, New York, Shire publications, 2013.

NAVAILLES Jean-Pierre, *Londres victorien. Un monde cloisonné*, Champs-Vallon, 1996.

Paradoxes victoriens / Victorian Paradox(es), textes réunis et édités par William FINDLAY. Actes du colloque des 20-21 septembre 2002, Tours, 2005.

PAXMAN Jeremy, *The Victorians. Britain through the paintings of the Age*, Londres, BBC Books, 2010.

PERROT Michelle, *La vie de famille au XIXème siècle*, suivi de *Les rites de la vie privée bourgeoise* d'Anne MARTIN-FUGIER, Seuil, Points, 2015.

Scotland Yard. The history of British policing and the world's most famous Police force, Charles Rivers editors, Londres, 2016.

SHPAYER-MAKOV Haia, Le profil socio-économique de la Police métropolitaine de Londres à la fin du XIXe siècle, *Revue d'histoire moderne et contemporaine*, tome 39, n°4, Octobre-décembre 1992, pp. 662-678.

THAMES Richard, *Voyages dans l'histoire de Londres. Un guide pour les voyageurs et les amoureux de Londres*, National Geographic, 2012.

WEINBERGER Barbara, La police des mineurs : Manchester à la fin du XIXe et au début du XXe siècle, *Déviance et société*, 1994, vol. 18, n°1, pp. 31-42

WILLIAMS, Lucy, *Wayward women. Female offending in Victorian England*, Croydon, 2016.

Bonnes recherches à tous !

◆ ◆ ◆

L'agence de détectives privés W & S reviendra dans le tome 3 de ses enquêtes :

Exquises miniatures

Chères lectrices, chers lecteurs,
Si vous avez aimé cette enquête de Stuart et d'Elsie, je
vous invite à laisser un commentaire (gentil de
préférence ☺) sur Amazon, BOD, Babelio et tout autre
endroit du net où d'autres lecteurs pourraient découvrir
mon travail !
D'avance un grand merci !
À très bientôt pour de nouvelles aventures !

Delphine

Si vous voulez suivre mon actualité :
http://www.delphinemontariol.com/
https://www.facebook.com/delphinemontariol.auteur/
https://www.facebook.com/enquetesdescousinsclifford/
https://www.facebook.com/Worthington.Spencer.DP/
https://www.instagram.com/delphinemontariol.auteur/

Table des matières